Катерина Шпиллер

Рома, прости!

Жестокая история первой любви

АСТ
Астрель
Москва

УДК 821.161.1
ББК 84(2Рос=Рус)6
Ш 83

Шпиллер, К.

Ш 83 Рома, прости! Жестокая история первой любви/Катерина Шпиллер. – М.: АСТ: Астрель, 2011. – 320 с.

ISBN 978-5-17-072026-2 (ООО «Издательство АСТ»)
ISBN 978-5-271-33078-0 (ООО «Издательство Астрель»)

Что будет, если первая любовь как в сказке закончится свадьбой? Ведь каждый из нас мечтал именно об этом! Но потом станет забываться школа, пройдут студенческие годы, наступит рутинная жизнь. И вот тогда впервые начнет закрадываться неприятная мысль: может быть, правы были родители, стоило подождать?

Эта книга – продолжение главной повести о первой любви «А вам и не снилось» Галины Щербаковой, написанное ее дочерью Катериной Шпиллер. Рома и Юлька преодолели всех и вся. Недавние школьники – муж и жена. Но, как оказалось, фраза «и жили они долго и счастливо» придумана лжецом.

УДК 821.161.1
ББК 84(2Рос=Рус)6

ISBN 978-5-17-072026-2 (ООО «Издательство АСТ»)
ISBN 978-5-271-33078-0 (ООО «Издательство Астрель»)

Что было дальше?

Предисловие

Когда вышла в свет повесть «Вам и не снилось...», написанная моей мамой Галиной Щербаковой, мне было четырнадцать. Через год на советских экранах появился одноименный фильм. В то время я была ровесницей персонажей этой драматической истории, жила теми же страстями, понимала их и плакала над печальной историей так же, как над «Ромео и Джульеттой». Да Рома и Юля и есть «Ромео и Джульетта» моего поколения. Я и сама узнала раннюю любовь, только, к счастью, в ней обошлось без трагедий. Оно и понятно: ведь моя мама, автор бестселлера, поющего гимн юной любви, была ангелом-хранителем моих чувств.

Все сказки кончаются свадьбой героев, трагедии — их гибелью или расставанием. А что дальше, после веселой свадьбы? И что было бы, если б трагедии не произошло? Стоит ли задаваться подобными вопроса-

ми, ведь как просто в конце произведения поставить оптимистический восклицательный знак или капнуть слезой точку.

Не знаю, повезло маме или нет: я, в чем-то идентифицируя себя с героями ее нашумевшей повести, возможно, сумела ответить на эти вопросы. Я понимала и разделяла чувства юных влюбленных. Но, взрослея, продолжала жить реальной жизнью, а те девочка и мальчик обречены были навсегда остаться в десятом классе. В их семнадцать лет мы попрощались с ними и в блестящем фильме Ильи Фрэза. Но случилось чудо: герои стали взрослеть вместе со мной. Они жили, как говорится, по соседству. Мы часто встречались во дворе, сталкивались в магазинах, на одной дворовой площадке выгуливали появившихся детей. И через какое-то время я вдруг поняла, что о них (о нас!) надо рассказать. Что на назойливый вопрос: «Что было дальше?» — нужно ответить. И я это сделала...

Многие бросили в меня камни: я разрушила сказку. Но, простите, я с детства так «слиплась» с героями повести Галины Щербаковой, что и дальше буду писать об их (нашей) судьбе. Пока жизнь идет, они тоже живут. Рядом с нами. Похожие на нас. Наши сверстники. «Ромео и Джульетта» много-много лет спустя.

* * *

Много лет назад таким было мое предисловие к первому изданию книги. Что я могу добавить теперь, когда опубликована другая моя книга — «Мама, не читай!» (а также ее продолжение) с рассказом о реальных людях — авторе повести «Вам и не снилось...» и ее близких и о совсем не безоблачных их отношениях? Мой взгляд на мир сильно изменился, теперь я не могу ни лицемерить, ни лгать, какими бы благими намерениями это не оправдывалось. Я стала мыслить по-другому. А думаю я теперь вот что: «Вам и не снилось...» Щербаковой — милая повесть о первой любви, сюжет «почти по Шекспиру. Написано хорошо, без шекспировских страстей, конечно, в меру розово-сопливо. Тогдашние девочки рыдали, мальчики, еще не избавившиеся от подростковых прыщей, стискивали зубы, сдерживая слезы. С тех пор те мальчики и девочки сильно выросли, многие стали взрослыми, а некоторые, лелея в себе ностальгию, так и остались умом и чувствами в далекой советской юности. Они

и по сей день льют слезы над этой повестью о первой любви, им до сих пор нравятся сказочки о волшебстве и вечности подобных чувств, и они готовы драться насмерть за свои юношеские идеалы. К сожалению, у многих из этих престарелых романтиков красивые отношения в литературе и кино никак не корреспондируются с их собственными реальными поступками и делами (я не хочу обидеть тех, кто юношеский романтизм претворил во взрослую цельность натуры, порядочность и верность, таких людей я искренне уважаю, но, увы, встречаются они крайне редко, так что речь не о них). Я имею в виду тех читателей, которые стали обвинять меня в разрушении красивой сказки. Скажу честно, я сказок о реальной жизни не люблю. Может быть, потому, что я журналист, а не писатель. Почему я написала эту книгу? Не смогла устоять перед уговорами моей матери и издателя. Написала, но не как повесть, а скорее как журналистское расследование отношений и поступков моих знакомых, вполне вписывавшихся в персонажи маминой книги.

Конец этой истории мог быть только печальным. Возможно, в этом даже мудрость жизни: первое чувство — это лишь трениров-

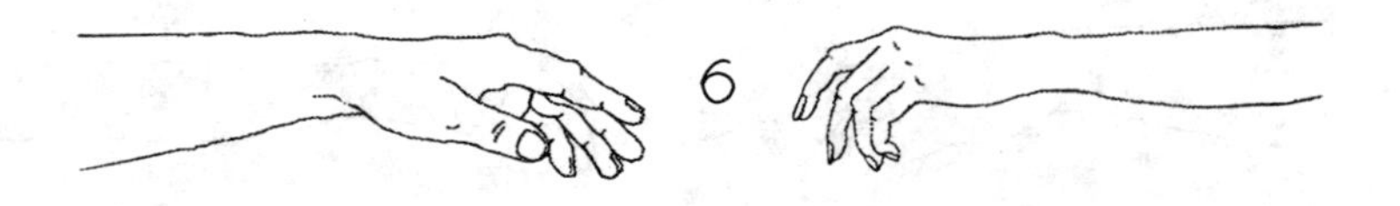

ка взрослых отношений, на основе которых должна строиться семья, рождаться и воспитываться дети. Я абсолютно уверена, что в 16 лет создавать семью — глупо и смешно (а то и трагично). И не надо кричать о Ромео и Джульетте: иные времена, нравы и продолжительность жизни. Глупо переносить те опыт и традиции на сегодняшнее постсоветское пространство.

Странные бывают претензии со стороны некоторых читателей к событиям в моей книге. К примеру, несколько раз мне задавали вопрос: отчего это ребенок у героев появился аж через сколько-то лет после женитьбы? Мой ответ: а почему этого не могло произойти? Я сама родила дочь через 5 лет после начала супружеской жизни. И что? Положено рожать сразу? Кем положено? С какой такой стати? Кое-кто даже ляпнул, что ребенок должен был родиться в первый же год, так как тогда еще не было противозачаточных средств (сразу вспомнилось бессмертное «В СССР секса нет!»). Как выражаются сейчас молодые, «ржунимагу». Конечно, страна была недоразвитая и бедная, но уж презервативы, поверьте, в продаже были. И многие мои сверстники решали, что рожать можно, когда уже есть собственная жилплощадь и какой-никакой заработок. Оказывается, даже это нужно объяснять.

Еще из смешных вопросов. Как же мог так измениться Роман? Ведь был ответственный мальчик и вдруг превратился в рохлю. Отвечаю: совсем не редкий случай, а уж тем более в 90-е годы! Да и людям свойственно меняться, тем более когда они еще растут и взрослеют. К тому же парень пережил тяжелую травму, почти что смерть, стал инвалидом, а подобные события ой как меняют людей! Объясняю это тем, кто самостоятельно мыслить не способен.

Впрочем, больше не хочу обсуждать глупые отклики.

Если и после этих слов вы не отбросите книгу, могу только пожелать приятного чтения!

Часть 1

Встретимся в четверг

Рита заметила Юльку среди ярких полок воронцовского супермаркета. Это было забавно — встретиться именно здесь после пятнадцати лет... разлуки? Да нет, слишком красивое слово. С чего бы — разлука? Разве очень дружили? Лучше так: после пятнадцати лет «невиденья-неслышанья» друг друга. Рите показалось очень заманчивым поболтать со старинной знакомой...

Она решительно двинула тележку, на четверть заполненную шуршащими заморскими пакетиками, к Юльке — к юности, к десятому классу.

Юлька сошлась с Ритой после той истории... Роман полгода пролежал в больнице: полтора месяца в Ленинградской, потом врачи разрешили перевезти его в Москву. Лавочкин-старший получил от всего этого обширный инфаркт и вскоре умер. Когда они оба, па-

па и сын, находились в разных клиниках, Ромкина мама Вера Георгиевна буквально разрывалась между ними. Она похудела на двадцать кило и походила на семидесятилетнюю старуху. Потом стало полегче: Костя отдал Богу душу. Юлька поймала себя на том, что именно так и формулирует: полегче. Это еще с того времени тянется: как она тогда ненавидела их всех, вспомнить жутко! Мысленно отрезала им руки, ноги, сдирала с них кожу, выкалывала глаза. Она тоже торчала в Ромкиной больнице с утра до ночи, впрочем, ее не особенно к нему пускали. А она не больно-то и рвалась почему-то... Сидела себе внизу, в холле, в каком-то странном отупении от всяких успокаивающих таблеток, которыми ее пичкали, смотрела в одну точку и выдумывала «всем этим подонкам» разные казни.

Когда умер папа, Ромка, весь загипсованный, тихо плакал, жалобно закусив губу, а Юлька была рядом и гладила его бледную руку. Вера Георгиевна стояла и смотрела скорбно, губы ее тряслись.

Юлька же, глядя на нее, думала: «Ну что, дрянь, теперь полегче тебе будет?» Ромка застонал — от ненависти к его матери Юлька случайно очень сильно сжала переломанную, так любимую ею руку. Никто бы не подумал, сколько непрощающей злости помещалось в этой маленькой, худенькой девочке. Она и сама такого про себя не знала.

Но недолго Вера Георгиевна «отдыхала». От переживаний и стрессов тяжелый инсульт свалил-таки железную питерскую бабушку. «Бог наказал, накликали, — сказала тогда Юлькина мама Людмила Сергеевна. — Напридумывали себе для неправедного дела и получили в натуральную величину. А еще говорят, что Бога нет...»

Бабусю пришлось забрать в Москву, так как в Питере у Вериной сестры возникла сразу куча проблем: ремонт, покупка участка, неприятности на работе, открывшаяся у мужа язва и вообще: «Вся ситуация, Веруня, на твоей совести. Ты, конечно, сейчас в горе и все такое, но не можем же мы, вся семья, жить только

твоими проблемами! Войди и в наше положение, наконец! У тебя квартирные условия позволяют, да и Ромасик практически поправился».

— Подонская семья от носа до хвоста, — резюмировала тогда Людмила Сергеевна. — Ты, дочь, подумай еще разок, ведь Рома — их семя.

— Ма, Рома в их семейке — урод. Он единственное оправдание существования этих людей...

Когда, выписавшись, Роман выходил из дверей больницы, на ступеньках около одного из столбов, поддерживающих крышу крыльца, стояла Юля. Она прижималась спиной к этому белому столбу, как к березе, словно черпая из него силы.

— Мама, — твердо сказал Рома. — Это, — он ткнул пальцем в Юльку, — моя жена. Или теперь мне надо сгореть, утонуть, застрелиться?..

Вера Георгиевна вздрогнула и закрыла лицо руками. Немая сцена длилась не меньше минуты. Юлька все не отходила от столба, он был такой надежный, проч-

ный, гладкий и прохладный, к нему было очень приятно прислоняться — ведь уже стояло жаркое лето.

Наконец Вера Георгиевна отняла ладони от лица и тихо произнесла:

— Делайте, что хотите. Мне уже все равно. У меня теперь одна проблема — мама...

— Опять? — раздался насмешливый голос Юли, она отделилась от своей опоры и медленно направилась к Роману.

— Как ты смеешь? Ты?! Она теперь лежачая, совсем плохая... — Вера Георгиевна задохнулась от негодования.

— Мы ей будем носить кефир и апельсины, — отчеканила Юлька, взяла Ромку за руку и повела за собой. — Идем, Ром, нас дома ждут.

И он пошел, обалдевший от ее силы и напора, от ее безжалостных слов, от ее таких жестких и взрослых глаз.

Вера смотрела им вслед, испытывая нечто вроде облегчения. Ну и пусть, ну и ладно. Там о нем позаботятся. А ее, мать, он все равно любить будет, ведь он такой верный и правильный. Проблем же ей те-

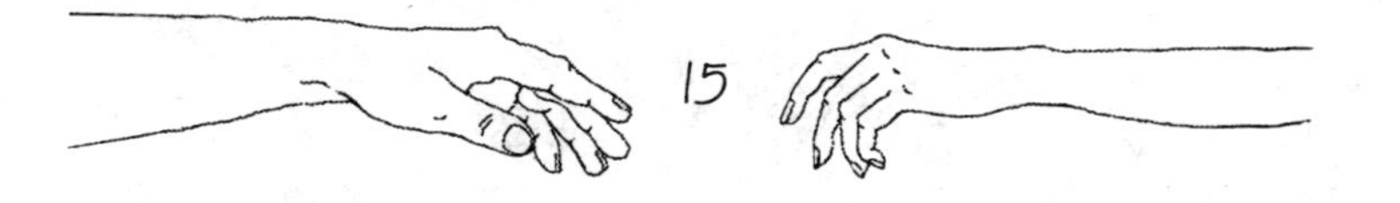

перь и с мамой предостаточно: лекарства, больницы, сиделки...

— Меня жизнь наказала, но и до тебя, маленькая сучка, доберется, — прошептала Вера в спину Юльке.

Во время больничной эпопеи Юлька стала общаться с Ритой, которая училась в параллельном классе и увлекалась журналистикой. Ее уже не раз публиковали в «Комсомолке» и «Вечерке», и эта развитая во всех отношениях девочка норовила превратить в статью все, что встречалось на ее пути. Любое событие, любой более или менее интересный разговор вызывали у нее одну реакцию: «О! — пальчик вверх, бровки вверх. — Об этом надо бы написать!» И писала до посинения! Из двадцати ее «писулек» публиковалась в лучшем случае одна, но она продолжала упорно трудиться, копить написанное и уверяла, что «все это когда-нибудь пригодится».

История Романа и Юли подвигла ее на прямо-таки рекордное количество неопубликованных статей и заметок: о любви в шестнадцать, об отношениях поко-

лений, о ханжестве и догматизме, об эгоистичности родительской любви... Невозможно вспомнить все темы, вычерпанные Ритой из случившейся драмы. Она бегала, как ненормальная, с блокнотом и ручкой, не стесняясь приставать ко всем: к одноклассникам Ромки и Юли, к учительнице Татьяне Николаевне, даже к родителям несчастных влюбленных. Правда, Людмила Сергеевна спокойно послала ее подальше, а Вера Георгиевна набросилась чуть не с кулаками, грозя сообщить «куда следует» и добавив: «Мы не Америка какая-нибудь, у нас личная жизнь граждан вовсе не для печати, наша журналистика — не такая! Ты, между прочим, комсомолка, а позволяешь себе тут с блокнотиком!»

Из непосредственных участников событий только Юлька, которой необходимо было выговориться, разрядиться, удостоила Риту вниманием. Взяв с нее слово ничего не тащить в газеты («Нет-нет, Юльчик, я только для себя, никому и никогда, клянусь грядущим аттестатом!»), Юля описала все подробно и с де-

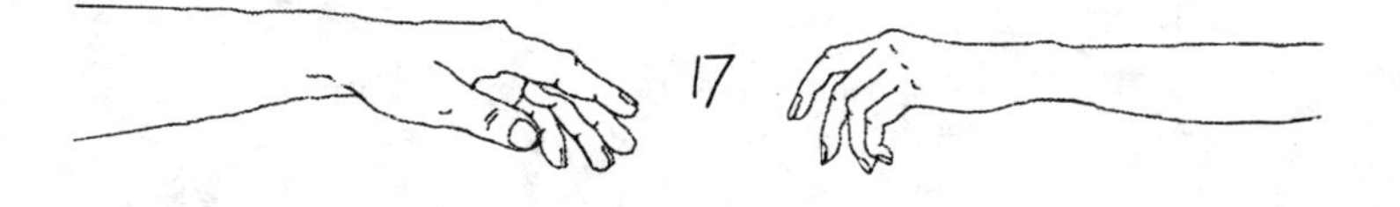

талями, но, естественно, со своей колокольни. Умная Рита сделала поправки на Юлькино личное восприятие и довольно точно оценила и охарактеризовала для себя всех героев: Рома — наивный идеалист, хороший мальчик; Юлька — зациклившаяся на своей любви серенькая девочка; Вера Георгиевна — свихнутая на цыпленке курица-стерва; Людмила Сергеевна — женщина, которая любит и любима, а потому — умная и прелестная. Еще Татьяна Николаевна, учительница... Ее-то Рита и так знает: старая дева, из добрых, подвинутых на литературе и «нравственности». В сущности, ничего нового и интересного.

А вот Юльке надо помочь! Девочка явно не в себе. Цепляется пальчиками за пуговицы на Ритиной кофте и лихорадочно бормочет: «Не, ну ты представляешь? Не, ну ты слыхала?» Ее пичкают какими-то таблетками, а вот Рита замечает: выговорившись у нее на плече, Юлька уходит домой успокоившейся, даже какой-то посвежевшей без всяких лекарств. Так и «лечила» она ее. И каждый

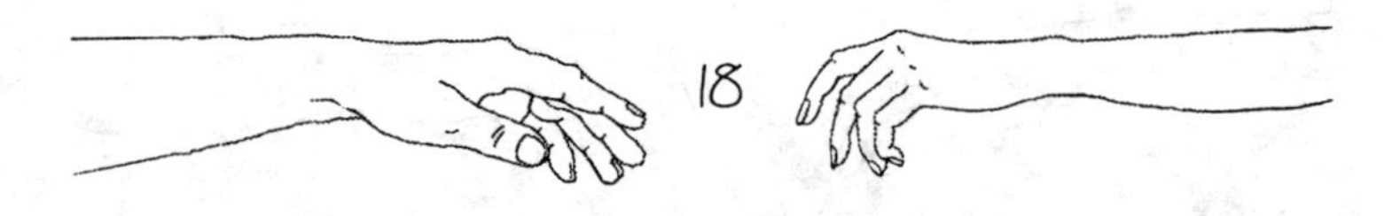

раз после больницы Юлька шла не домой, а к Рите, чем вызывала в матери некоторую ревность.

— Что тебе эта нагловатая девчонка? Ведь я твой друг, ты же знаешь... Иди ко мне, я с тобой, родная!

— Мама, мне дома сейчас трудно. Там ты с Володей... Вы такие красивые, счастливые...

— Доченька моя, я сейчас вся внутри умираю из-за тебя, я сгораю, задыхаюсь от твоего горя! И Володя переживает очень...

— Вы замечательные, мама, мне с вами повезло! Но пойми: есть вы — ты, Володя, Мася. И есть я. Я сейчас отдельно. Я люблю вас, обожаю Максимку, ты же знаешь. Но все вы — это радость, семья, счастье... Я не могу это видеть, прости... Не знаю, как объяснить...

— Ну, хорошо, хорошо... А Рита — это что?

— Она слушает меня просто... Чаем поит, говорит какие-то слова. Вроде ерунда, а мне легче почему-то. Не сердись, пожалуйста!

Людмила Сергеевна во все глаза смотрела на свою маленькую, щупленькую и такую взрослую девочку. Такое пережить в шестнадцать лет, не дай Бог! Ей казалось теперь, что дочь в чем-то мудрее, старше ее, ведь никогда ей не довелось испытать подобного. Все ее любови-романы были, как бы это сказать, нормально радостными, что ли? Конечно, с переживаниями, разумеется, со слезами и рыданиями, но никаких трагедий, родственников-монстров, больниц и смертей. Она-то думала, что вершина всех любовных неурядиц — это ее многолетнее стремление доказать всем, что брак с «мальчиком», годящимся ей в младшие братья, правилен, удачен и абсолютно нормален во всех отношениях. Доказала. Все трудности давно позади. А у дочери, у Юленьки — такой кошмар. И во сне не приснится!

Так что Людмила Сергеевна не обижалась на дочь. Пусть идет туда, где ей сейчас лучше, легче. И разумеется, пусть выходит замуж за Рому. Вот только жить ребята будут здесь, с ними, Масю они с Володей заберут к себе в комнату...

— Только у нас! Близко ты не подойдешь к этой ведьме! Хоть она и Ромина мать...

— Спасибо, ма, — тоскливо улыбнулась в ответ Юля. — Я и сама так решила, — кивнула она и ушла к Рите.

Сама решила? Как она могла, собственно, так решить без нее, мамы, без Володи, ничего даже не сказав, не посоветовавшись? Это их идея, они имели право на подобное решение, но Юля... И тут Людмила Сергеевна окоротила себя, строго напомнив о том, что пережила ее девочка: «Она просто ни секунды не сомневалась в нас, она верит мне и знает, что я всегда помогу. И ей, и ему. Господи! За что же нас всех так тряхнуло? Костя... Может, это наказание мне за мое к нему презрение? И за что презрение-то? Получается, за любовь. Но ведь умер-то как раз он! Эх, Костя...» Жаркие слезы вдруг навернулись на глаза, горло сдавил такой спазм, что, казалось, это конец, сейчас задушит. «Моя первая дурацкая любовь, тебя больше нет, а твой сын лежит в больнице, весь переломанный из-за огромной

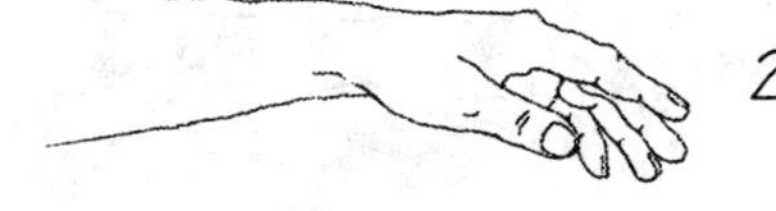

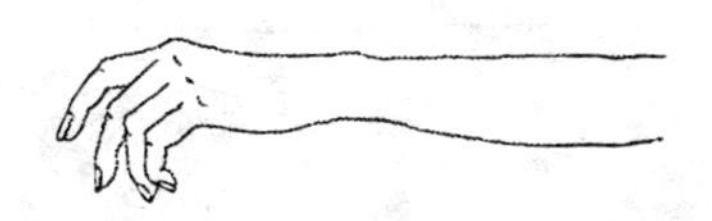

любви к моей дочери. Что же, что же все это означает, зачем, почему так?»

Красивая, ухоженная женщина, вцепившись обеими руками в занавеску, плакала, глядя в окно на идущую от подъезда дочь, и старела от слез. И видел ее только кудрявый малыш с глазами-вишнями, побросавший от удивления игрушки...

Хотя Юлька часами просиживала у Риты, подругами они все же не стали. То была улица с односторонним движением: Юлька как ничего не знала о Рите, так и осталась в неведении. Впрочем, она и не особо интересовалась ею. Рита для нее была отдушиной, жилеткой, всем, чем угодно, но не живым, реальным человеком со своей жизнью и проблемами. Юля говорила, говорила, а выговорившись, пила чай, успокаивалась и уходила.

Один раз до ее ушей, вернее, до сознания, долетело Ритино замечание:

— По-моему, тебе надо что-то изменить в своем отношении к жизни. Смотри: сначала ты не видела, не знала и знать не хотела ничего, кроме своей люб-

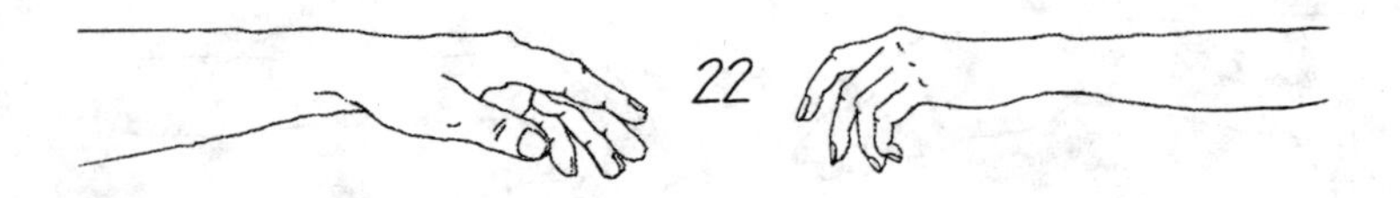

ви. Теперь ты живешь исключительно внутри горя. Хотя, как я понимаю, все идет на лад, вполне можно строить планы, думать о будущем... Эй, Юль, ты хоть слышишь меня?

«О чем она? Что-то такое мне уже говорили... А, да: Танечкино «жизнь больше любви». Жизнь больше любви, жизнь больше горя. Какая она большая — жизнь. Большая и толстая, как Ромкина мама Вера. И такая же злая и подлая. Что Рита мне объясняет? Ерунда какая-то...»

Вскоре Рита оставила свои попытки пробиться к Юле, и так они и «дружили». Пока Ромка не выписался и не пришел жить в Юлькин дом. С тех пор — будто отрезало. Ритка как-то заметила их обоих на улице, кинулась наперерез: «Привет, влюбленные!» А они ответили спокойно и равнодушно: «А, привет. Ну, как жизнь?» И пошли дальше. Больше Рита их не встречала, хотя жили-то на одной улице. Иногда она видела Людмилу Сергеевну с Масей, пару раз столкнулась с постаревшей, измученной, всклокоченной Верой Георгиевной с пудовыми сумками в руках...

Потом Рита вышла замуж по большой любви и огромной страсти. Родители построили молодым кооператив в другом конце Москвы, сами поменялись поближе к ним, и все: позабыта-позаброшена история Романа и Юли, окончено Ритино в ней участие. Вернее, участие в Юлькиной психологической реабилитации («И ведь ни одна сволочь «спасибо» не сказала, хотя, черт с ними, лишь бы никто из окон больше не вываливался»).

Рита периодически приезжала в Воронцово навещать мамину сестру. В последнее время визиты участились: тетя Сима собрала чемоданы, оформила все документы и ждала дня отъезда в Израиль.

— Тетя Сима! Ну, скажи мне откровенно: на хрена? Чего тебе здесь не хватает? Какое политбюро жить не дает?

— Всего, всего мне хватает. Особенно страха, — бормотала в ответ пожилая женщина, которая всю жизнь твердила одно: где родился, там и надо умереть. Когда-то Рита спорила с ней до хрипо-

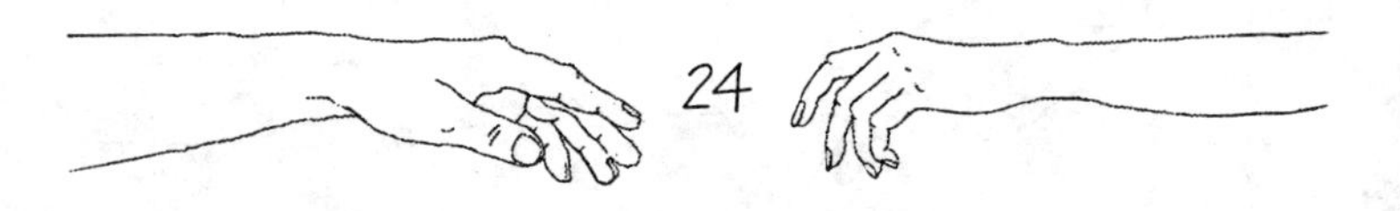

ты, кричала, что это убогая, лишенная логики дикая чушь... «Почему, почему? Где связь? В таком случае кладбища должны быть рядом с роддомами, прямо напротив, и все младенцы, которые рождаются...»

И вот теперь Рита никак не могла взять в толк, зачем тетка едет в страну, где сплошные проблемы: с арабами, Голанскими высотами, Хусейном — и оттого ничуть не менее страшно.

— Если страх — движущая сила твоего отъезда, то готовься к тому, что оттуда ты захочешь драпануть еще быстрее!

Тетка медленно и многозначительно грозила Рите пальцем:

— Вот увидишь, моя девочка: здесь рванет скорее и сильнее! Не дай Бог, конечно.

— Ой, страшно мне, тетя, страшно мне, тетя, от этих новостей! — насмешливо напевала Рита, перевирая слова песни Вероники Долиной. Она не то чтобы ничего не боялась, просто верила в судьбу. Теткину подругу, уехавшую из Союза на Землю обетованную и больше

всего на свете боявшуюся ворья, дочиста обокрали в Тель-Авиве: из дома вынесли все, даже чайник со свистком, желтый, ободранный, советский. В Москве же на ее квартиру никто и не покушался ни разу. Однако тема «сплошного ворья в этой стране» была в ее доме главной, даже навязчивой. Ну разве это не насмешка судьбы? «В тебе нет ничего еврейского», — удивленно говорила тетя Сима.

Еще бы! Откуда? В маме, как и в Симе — половинка, папа — чистый русак. Вот вам и темно-русые волосы, негустые, но волнистые и блестящие, вот вам и курносый носик и темно-серые глаза. «Модный цвет — мокрого асфальта!» — любил шутить Гоша, Ритин муж. Они с шестилетним Ванькой жили теперь в районе Савеловского вокзала, а тетка — в Черемушках. Отношения Симы и Ритиной мамы, Ольги Михайловны, всегда были проблематичными, а уж когда Сима начала паковать чемоданы...

— Старая дура! Была старая дева, теперь старая дура! И дева!

Мама будто отрезала от себя родную сестру навеки. Рита этого не понимала и не могла так.

— Ваше поколение всегда и во всем такое безжалостное, что просто ужас: родня, не родня — все вам по барабану! Растеряли всех, все связи, родственников... Как так можно? И во имя чего?

— Вот и найди всех нас, если сможешь. Отмоли, соедини, восстанови... А у меня... у нас уже сил на это нету, — мама говорила сквозь слезы.

Рите было очень жалко ее: все-таки несчастные они люди, эти битые советские бунтари-шестидесятники, наивные идеалисты, и в то же время — упертые в своих принципах, как ослы некормленые! Все — на алтарь идеи! И горите, родные братья и сестры, синим пламенем, ежели смеете не чтить алтарь!

А что у нас сегодня за алтарь? Новая страна Россия, в которой надо жить и которую необходимо обустроить. Наделали ошибок — так исправляйте, а не дезертируйте. Боитесь? Значит, трусы, предатели...

Мамины губы сурово сжимались в тонкую ниточку, нет, в волосок.

Рита же, вздыхая и мысленно снова и снова жалея мать, тащилась в Черемушки, к одинокой тете Симе, в сущности, абсолютно русской, испуганной жизнью бабе, — чаевничать с ней, утешать, спорить и бесконечно спрашивать одно и то же, не получая ответа:

— Ну куда, ну зачем ты уезжаешь?

И вот однажды, прежде чем пойти к Симе, Рита заглянула в ее «придворный» супермаркет. Ну ничего себе! Это даже не Израиль, а, наверное, сама Америка! Если, конечно, не смотреть на цены. Хотя кое-что можно и прикупить — к примеру, обалденные и не слишком дорогие йогурты...

Здесь-то, около йогуртов, Рита и заметила Юльку, которая, задрав коротко стриженную голову, разглядывала молочное богатство.

«Маленькая собачонка до старости щенок», — отметила про себя Рита. Они с Юлькой ровесницы, им обеим уже тридцать два, а издали Юльке никак не боль-

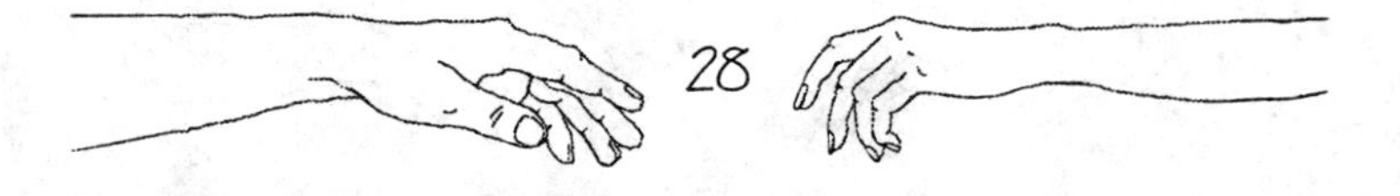

ше четырнадцати: маленькая, худющая, модные джинсы на всех женских местах болтаются. «Худоба — это красиво?» — в очередной раз засомневалась Рита. С ее сорок восьмым размером давно уже невозможно было что-то сделать. Сначала это была трагедия, потом Риту накрыло глухое отчаяние, а после она смирилась. Но при виде Юльки даже обрадовалась своим крутым бедрам.

— Юлия! — торжественно пропела она в ухо малышке.

Та вздрогнула от неожиданности и повернулась к Рите. Ага, вот он, возраст, и вылез весь наружу! Мелкие морщинки вокруг глаз, уже заметные продольные на лбу...

— Ритка! — Юлька просияла, обнажив в улыбке дырочку от недостающего зуба — ту, что видна лишь при очень большой радости. На Юльке была модная джинсовая курточка — мечта поэта: вся в заклепках, застежках и «липучках», на руке болтались часы, самый писк — тяжелые, большие. Очков нет, а ведь уже в десятом она их не снимала, наверное, линзы надела.

— А ты в порядке! — весело сказала Рита.

— Брось, Катаева, я ж в зеркало иногда смотрю. Вот ты расцвела!

— Я уже сто лет не Катаева, а Гаврилова. А цвести в нашем возрасте — самое то.

— Кому то, а кому и не то... — Юля перестала улыбаться, и мордашка ее сделалась озабоченной. Опять проявились все морщинки.

— Эй, не хмурься, состаришься. Что не так? Ты уже не Лавочкина, что ли?

— Лавочкина я, Лавочкина, не нервничай, — досадливо замахала рукой Юля. — Лучше объясни, что ты тут делаешь?

— Да йогурты вот покупаю. А ты?

— Я живу вон там, — Юлька махнула рукой куда-то вправо, — в соседнем доме. Разве ты...

— Нет-нет, я тут тетушку навещаю. Она лыжи навострила, на чемоданах сидит. Вот я и провожаю ее уже месяца три.

— Пойдем ко мне! Кофе выпьем, поболтаем! — Юлька снова оживилась, глаза заблестели, щеки порозовели, она схватила Риту за руку и встряхнула ее несколько раз.

— Ой, ненормальная, отцепись, руку оторвешь! Зайду, конечно, но не сегодня. Не могу сейчас, мне еще к тетке, потом в нормальный советский магазин, и — домой, дитя ждет. У тебя-то есть дети?

— Есть. Дочь Ася. Шесть лет.

— Здорово. И у меня. Сын Ваня. Представляешь, тоже шесть лет. Будет о чем поболтать! Я к тетке еще в четверг приеду. Хочешь, я к ней специально пораньше, а потом к тебе зайду?

— Давай!

— Напиши где-нибудь телефон и адрес.

— Правда? Ты точно зайдешь? Мне тебя ждать? — Юлька была так взбудоражена, будто встретила самого родного человека, с которым надолго разлучилась.

— Ты, Юлька какая-то... странная. Сказала же — зайду. Телефон давай, Лавочкина! И отцепись же, наконец, от моего рукава!

Юлька бежала домой. Все ее нервы подрагивали, а где-то в районе солнечного сплетения давило и щекотало. «Какая я дура! Чуть все не испортила! Эмоции все, эмоции...» У Юльки появилась

цель, по крайней мере — до ближайшего четверга: показать этой Маргарите, в каком она полном порядке, как все у нее хорошо.

Первый год жизни с Ромой в доме ее мамы и Володи был, можно сказать, сказочный. Они погрузились друг в друга полностью, абсолютно, до последней клеточки, до каждого нервного корешка. Они одновременно просыпались в объятиях друг у друга, они синхронно засыпали после любви, не отодвигаясь ни на миллиметр. Ходили везде и всегда, взявшись за руки, в одно и то же время хотели есть...

— Так просто не бывает! — восклицала мама, глядя на них. — Это дар вам дан какой-то! Счастливые!

Дар... Счастливые... Юлька нервно ковыряла ключом в замочной скважине. Сейчас откроется дверь, и она тут же увидит себя в зеркале, висящем напротив. Надо зажмуриться, не смотреть. Какого черта именно здесь повесили это дрянное зеркало? Да ведь это

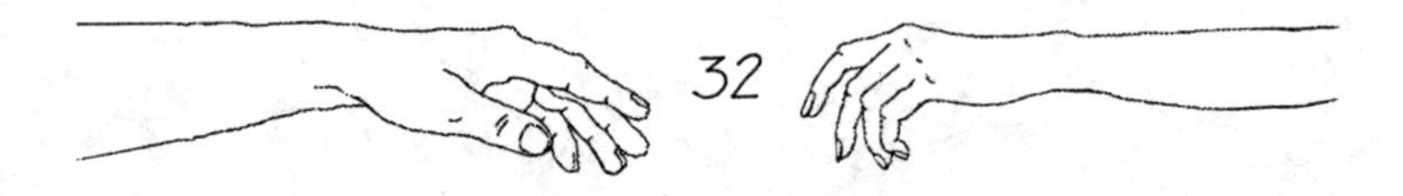

она сама так решила — еще давно, когда они с Ромкой, мамой и Володей пришли смотреть однокомнатные кооперативные хоромы. «Представляешь, Ром, гости входят и тут же видят себя в зеркало, и свое «здравствуйте» тоже говорят как бы сами себе! Здорово?» Гости... Ха-ха!

Так и есть! Не удалось вовремя зажмуриться, и вот опять Юля смотрела на себя, не в силах оторваться, и все задавала себе вопрос: ну что, убогая, где твоя жизнь? Куда что подевалось, с чем осталась ты, «счастливая»?

По закону они могли купить и двухкомнатный кооператив, но у мамы с Володей денег на такую роскошь тогда не наскреблось. А Ромкина мать...

— Ты еще смеешь ко мне приходить с подобными просьбами? — орала Вера Георгиевна на понуро сидевшего в кухне Ромку. — Ты! За последние три месяца ты лишь раз забежал ко мне, чахлые мимозы принес к женскому дню! Сыночек,

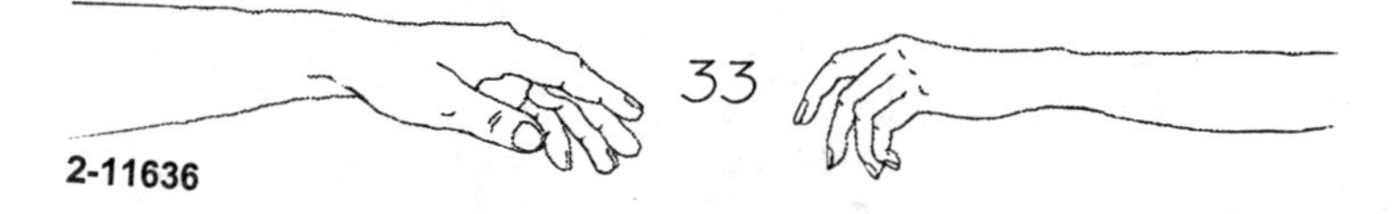

2-11636

радость мамина! А теперь: денег ему давай, половину кооперативного взноса, видите ли!

— Да нет, я только спросил, — мямлил Роман, чувствуя, как опять начинают ныть все его сросшиеся косточки. Это у него на маму и на бабушку реакция такая... Как это тяжело, знает только Юленька.

— Он только спросил! Пусть мать твоей женушки продаст свои бриллианты. Небось не обеднеет! А я вдова, с больной матерью на руках, помощи ниоткуда, так я — деньги давай?

Из комнаты раздался жалобный бабушкин стон. Ромка в ужасе вздрогнул: этот стон он очень хорошо помнил и знал. Когда-то он ему верил...

— Ну и что, подумаешь, однокомнатная, — рассуждала Людмила Сергеевна, когда они вчетвером бродили по квартире. — Комната двадцать метров, кухня десять — считай, еще одна комната. А когда ребенка родите, тут жс встанете на очередь в кооперативе на расширение. И сразу на трехкомнатную. К тому времени разбогатеете. Да и мы поможем...

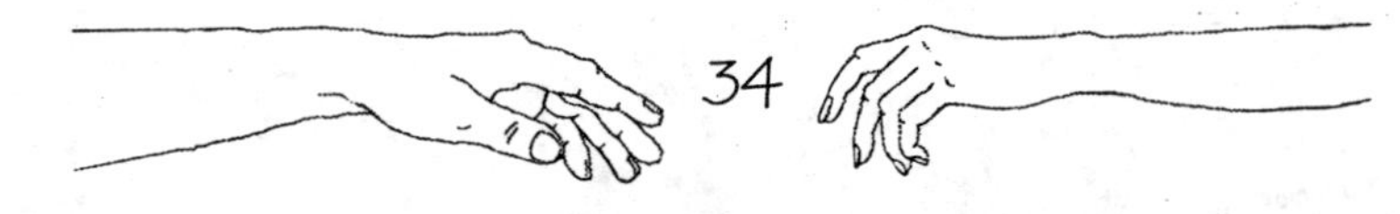

Через несколько лет, когда подошла их очередь на расширение (Аське уже исполнился годик) и надо было платить, у Ромки и Юли не оказалось ни копейки. А Володя взбрыкнул:

— Я что-то не понял: вы, ребята, сами-то собираетесь хоть что-нибудь для себя сделать или нет? Нет, ну серьезно, время сейчас какое? Было бы желание заработать, а деньги сами прибегут. Детки, лет-то вам сколько?

— Вы правы, дядя Володя, вы абсолютно правы, — твердо ответил потемневший лицом Роман. — Мы пока ничего себе не заработали. Значит, подождем. Очередь никуда не уйдет.

— Но... — вскинулась было Людмила Сергеевна, глядя на печальную Юльку, однако Володя ее остановил:

— Все нормально, Люся, спокойно. Детки начинают взрослеть. Очень полезный процесс. Действительно, подождут...

Очередь, естественно, ушла, вскоре все эти кооперативные правила отменились, а денег у них так и не появилось.

Навеки, навсегда теперь им дана эта однокомнатная пытка.

Но тогда... Рома и Юля бродили, взявшись за руки, по пустой квартире, обалдевшие, счастливые, влюбившиеся уже в каждую щелочку паркетной доски, в каждый цветочек на обоях, во все краны сразу и даже в белый унитаз. Ведь все это — их дом. Первый, свой, лучший в мире дом...

Они обихаживали его, как игрушку. В кухне переклеили обои, поменяли все дверные ручки на красивые — один Володин знакомый сделал их на заказ, выстругал из красного дерева в форме голов разных зверей: льва, собаки, носорога... Счастье продолжалось.

Они вдруг полюбили заниматься любовью днем.

— Эй, делаем ночь? — вдруг лукаво прищуривался Ромка. И Юлька тут же бежала закрывать плотные зеленые шторы — мамин подарок, потом быстро сбрасывала с себя халатик и кидалась, как дикая кошка, с криком «мяу!» на Ромку, который успевал, в лучшем случае, снять рубашку или майку, словом, то, что сверху. Рома всегда был нежным и медлительным, Юлька — страстной и нетерпеливой. Странно, но, несмотря на некоторое несовпадение темпераментов, у них все получалось необыкновенно хорошо, причем где угодно: на кровати, на полу, в кресле — там, где настигала супруга Юля со своим дикарским «мяу!».

Ромка поражался: в эти моменты у него ничего не болело, даже проклятое раздробленное ребро... Но стоило его маме слово сказать, стоило ему переступить порог родительского дома, как он начинал чувствовать, что разваливается на куски. А Юлька...

Прыгает на нем, тискает, мнет, а ему не больно, ему — полный кайф. Мистика какая-то!

— Если любовь — это мистика, то и нечему удивляться, мой дурачок! — страстно шептала Юлька, покусывая мочку его уха, и он стонал от блаженства и счастья, уплывал куда-то в ночь, в звездную, горячую, зеленую — цвета штор, за которыми сиял солнечный день, шумный, рабочий,

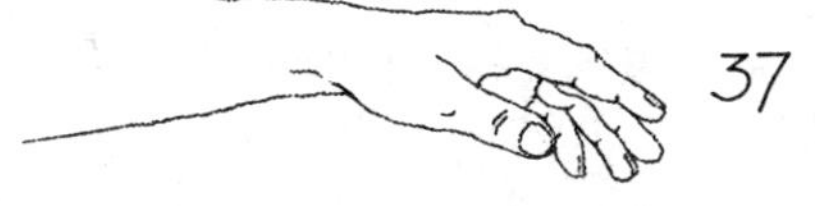

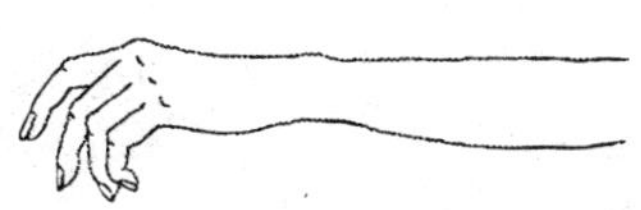

деятельный. Но им какое дело! Время суток определяли сейчас любовь и голые, тонкие Юлькины руки, ласкающие его тело, нежно теребящие его волосы. А еще ее губы, скользящие от уха вдоль шеи и легонько покусывающие его соски. И конечно наступал момент, когда не было уже ни дня, ни ночи, ни земли, ни неба, ни его, ни ее. Только слышалось биение сердца в каждой точке их общего тела, и громче него звучал лишь стон наслаждения...

Юлька вошла в комнату. Зеленые шторы уже здорово потускнели и выцвели. Давно надо бы сменить. Но не хватает духа: кажется, снимешь их — и все прошлое уйдет безвозвратно, останется только прошлым, без права существования хоть чего-то оттуда в настоящем. А ведь в глубине души Юлька иногда надеялась: вдруг что-нибудь да вернется, например та страсть, которая настигала их посреди дня, бросала друг к другу... Юлька закрыла глаза — ее даже качнуло от воспоминаний. Неужели все это происходило с ней?

В восемьдесят пятом Ромка закончил свой ВТУЗ, самый престижный факультет, но все равно пошел трубить на «ЗИЛ». Правда, трубил он в очень перспективной тогда лаборатории роботов и считался весьма многообещающим электронщиком.

Юлька прошла курсы машинописи и стала машинисткой-надомницей, чем вызывала огромную зависть у всех знакомых девочек.

— Заработок тот же, что у других, а никуда ездить каждый божий день не надо, начальства перед носом нет, муж приходит, а ты дома, — вздыхали они. — И на фига, действительно, нужны все эти институты?

Юльку просто распирало от счастья и гордости за прекрасно устроенную и продуманную жизнь.

— Женщина должна сидеть дома, — ораторствовала она. — Ее предназначение — очаг, дети. Я планирую свой день, как считаю нужным, не подчиняюсь расписаниям, часам пик. Я имею возможность следить за собой, делаю зарядку. Мой Ромка доволен ужасно!

Подружки печально кивали. Такой вариант жизни был мечтой, наверное, большинства советских женщин. Ведь вот же, взяла эта кроха Юля и построила в отдельной квартире рай для себя и своего мужчины! А они-то, дурочки, как проклятые, каждое утро бегут рано-рано на службу во все эти КБ, НИИ и прочие гнусные конторы. У них дипломы — и что? Замужние уже в двадцать три — двадцать четыре года изведали все прелести тяжеленных сумок, переполненного транспорта и ощущения обреченности на вечное такое существование. А те, кто не замужем, не знал, куда деть себя после бездарного восьмичасового рабочего дня. И вот Юлька... Не зря страдала, жизнь ее вознаградила. Она настоящий мудрец, хоть и с троечным аттестатом. Дальше всех глядела... Ромка тоже был вполне доволен собой, по десяточке в квартал ему прибавляли зарплату, в остальном же ничего не менялось. Рождались у знакомых дети, родили и Лавочкины Аську. И дальше все шло согласно заданному кем-то ритму. По крайней мере, так казалось...

Но вскоре планеты, наверное, завершили какой-то круг, и начался новый цикл.

Все изменилось. Жизнь встала на ребро. Все вещи и явления поменяли знак — плюс на минус и наоборот. В образовавшемся хаосе некто предложил каждому вновь найти себя и свое место. Все — заново, все — с нуля. И справиться с такой задачкой удалось не всем.

Хотя кто-то именно теперь нашел свой путь и влез на гору.

Алена Старцева была из тех, кто обозревал жизнь с горы. Туда они взобрались постепенно с мужем Сашей Рамазановым. За него Алена вышла назло Ромке, Юльке, всему миру, вышла очень быстро, почти сразу после школы. Сашка не особенно кобенился — казалось, после Юлькиного абсолютного «ухода» в Романа ему стало все равно. А потом оказалось, что они нашли друг друга. Оба сильные, деловые, с той самой коммерческой жилкой, крепкой хваткой. В во-

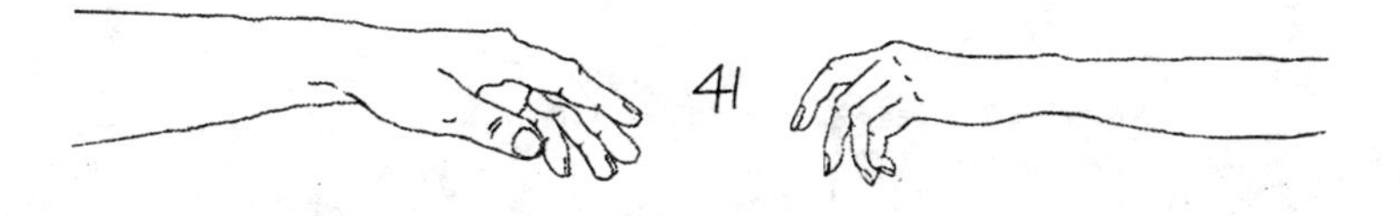

семьдесят пятом они с готовностью подхватили «кооперативное» знамя и двинулись впереди колонны к победе индивидуального и кооперативного труда: создали швейно-торговое предприятие «Алиал» (Алена и Александр). Вскоре, правда, им врезали как следует, согласно новым постановлениям, они утерли разбитые носы и без рефлексии ушли в подполье. Ну, а дальше…

Дальше была чехарда, мордобои, унижения, риск и прочее. Закончилось же все хорошо: ныне она — генеральный директор торгово-посреднической фирмы «Ирис», а ее супруг — бессменный президент этой организации. И не будет Алена вспоминать некоторые гнусности из тех времен — к примеру то, как она получала последнюю нужную подпись на разрешение их деятельности в этом вонючем департаменте. Получала ее у жирного, потного дядьки… Получила, конечно. Но и он, что хотел, получил. Сашке же это знать необязательно, пусть думает, что ей хватило выделенных на это «лимонов»…

На этот раз Алена ехала в своем собственном красном «Опеле» по Ленинскому проспекту («Сменят когда-нибудь это название, черт возьми? Прямо жутко ехать по чему-то «ленинскому»!), а рядом с ней сидел Максим, Юлькин брат. Она везла парня в гости к его замечательной сестре-курице, о которой и вспоминать-то противно. Вот ведь убогое существо! Сама свою жизнь закопала в стиральную машину-холодильник-пылесос и из Ромки (сердце Алены сжалось) сделала приставку-пристройку к быту, к семье.

— Что вы в ней находили тогда, дурачье? — спросила Алена у мужа однажды абсолютно без всякой ревности, из чистого любопытства. Какая могла быть ревность? Они с Сашкой — идеальная пара, скрепленная общими интересами, общим капиталом (и неплохим), а также классным, здоровым сексом.

Сашка в ответ пожал плечами:

— Романтизм, наверное, какой-то. Такая она была маленькая, воздушная, влюбленная...

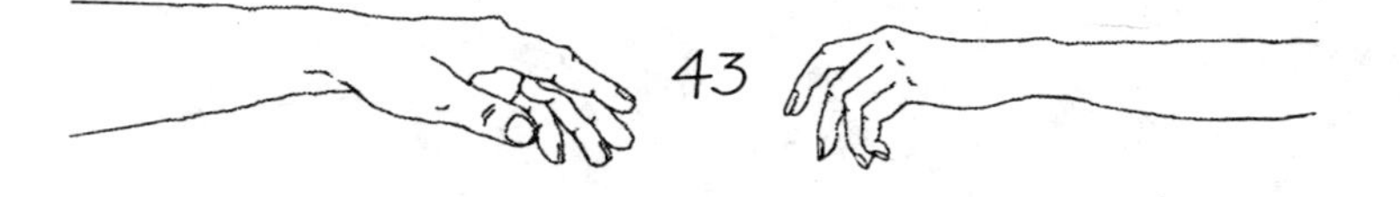

— Теперь-то не жалеешь, что все вышло, как вышло?

Сашка дугой выгнул соболиные брови:

— Жалеть? — он привлек ее к себе. — Ты моя Елена Прекрасная, моя девочка, мой пупс... — и он начал целовать ее, как всегда, жадно и умело, она ответила ему тем же. Ревность? Ха! Жалость одна осталась к этой маленькой чурке с подслеповатыми глазами. Но вот Ромка...

Алена гнала от себя мысли о том, как сложилось бы у них с Ромкой, если бы сложилось. Но они, как назойливые мухи, упорно приходили вновь. Вполне возможно, что ей всю жизнь пришлось бы тащить на своем горбу не очень-то энергичного Ромку. Ведь он совсем не похож на ее авантюриста Сашку, который однажды, чтобы получить доступ в некое учреждение, с такой наглостью выдал себя за младшего брата мэра Москвы, что никто и не усомнился! А потом еще умудрился избежать неприятностей, ловко сунув кому надо сколько надо.

Нет, Ромка — не та птичка. Он птичка-невеличка. Хотя кто знает: если б она,

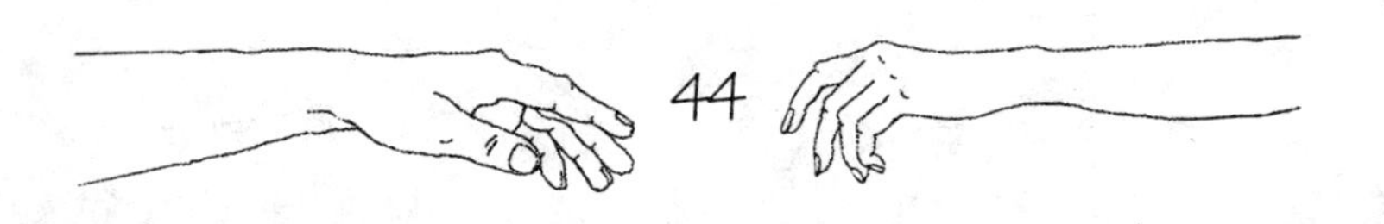

Алена, взялась за него в свое время, может, и расшевелила бы мальчика. Но ее опередила Юля-курица. И стал Рома невеличкой-петухом, да еще таким, который не дерется, сидит в своем чудом сохранившемся СП и получает за это привычные копейки. Его курица работать не изволит, и господин Лавочкин на эти грошики содержит семейство, да еще иногда маме отстегивает на вечно больную и вечно живую бабушку.

Алена даже поежилась. «Как они еще не сдохли элементарно с голоду — загадка. Вот у них с Сашкой детей нет, родители в порядке (тоже нашли себя в коммерции), а доход раз в пятьдесят превышает так называемый доход Лавочкиных. Правда, большую часть они в дело вкладывают... Зато в квартире евроремонт сделали, по две тачки на брата уже сменили, за границу — как на дачу, хоть каждый месяц могут мотаться. И не дикари какие-нибудь: на Лайзе Миннелли были, на Джексоне были... И на этой... как ее... Монсеррат Кабалье тоже. И сидели всегда в первых рядах, а не на галерке.

А что видят эти Лавочкины? Ну да, видак, благодаря дяде Володе, у них есть. (Вот, кстати, мужик — у них с ним общие торговые дела — молодчина, тоже не растерялся в этой жизни, бизнес свой имеет, жену престарелую, как куколку, содержит, сын Максимка — словно принц упакован, с самым модным распоследнего разлива плеером. Володя еще и Юльке шмотки подкидывает — настоящий человек!..) О чем это она? Ах, да, о видаке. Предел радости Лавочкиных — кассеты из видеопроката. И не ездят никуда, и не ходят. Друзей порастеряли. Ведь кому они интересны? Кто сегодня любит бедных и убогих? Хоть бы что занятное было у них в доме, или сами умели бы людей развлечь! Последний раз Алена с Сашкой навещали Лавочкиных года полтора назад. Тоска смертная! Разговоры: сколько кругом бандюг, честному человеку аж душно, смотреть по телику нечего, спасибо, видак выручает, польская кухня, купленная на заре перестройки, разваливается, а на новую денег не хватает...

Фу-у, пропасть! Даже вино у них было какое-то дешевое, сивушное».

— Саш, к черту ностальгию по юности, давай к ним больше не ходить, — сказала Алена в машине по дороге домой, не признаваясь даже себе, что тяжелее всего ей было наблюдать Ромку в жалкой роли Юлькиного мужа.

— С превеликим удовольствием, — мрачно кивнул Сашка, тоже явно раздосадованный бездарной вечеринкой.

Не знали эти благополучные ребята, что в ту самую минуту Юля, моя посуду, говорила Ромке, тщательно вытиравшему со стола тряпочкой крошки:

— Кажется, это конец наших приятельских отношений. Мы теперь очень разные. Ты заметил, как они смотрели на нашу обстановку, мебель, посуду?

— Как? — грустно спросил Рома.

— С пре-зре-ни-ем! — повысила голос Юля. — Будто не видел! Они же теперь «новые русские»! А мы для них — «совки»!

— Может, они в чем-то и правы, — протянул Рома.

— Ах, так? Правы? — Юлька завелась, часто задышала, ее кулачки воинственно сжались. — Так стань таким же! Что тебе мешает? Что ж ты убогий такой?

— А ты? — тоже взвился Рома.

— Я? — Юля потрясенно прижала руки к груди. — Я женщина! Я воспитываю твоего ребенка!

— Главное — моего, — буркнул Рома и ушел из кухни подальше от неприятного разговора, возникавшего не впервые. «Она воспитывает ребенка, ой! Ребенок в детском саду, с девяти до шести, ведь у нее мигрени начинаются, если Аська «весь день топчется на материнской голове». А Юлька сидит целыми днями и расчесывает, расчесывает любимую болячку: жизнь пропала, молодость ушла, друзей нет, муж бездарный. «Я женщина»! Прямо, как «Я ветеран!». За «женщинство» ордена еще не дают? Слава Богу, а то она себе всю щуплую грудь завесила бы и удостоверенис потребовала.

Вот Алена — мужчина, что ли? И сильная, и умная, и хваткая, притом как хороша стала! Глаза с поволокой, кожа аж све-

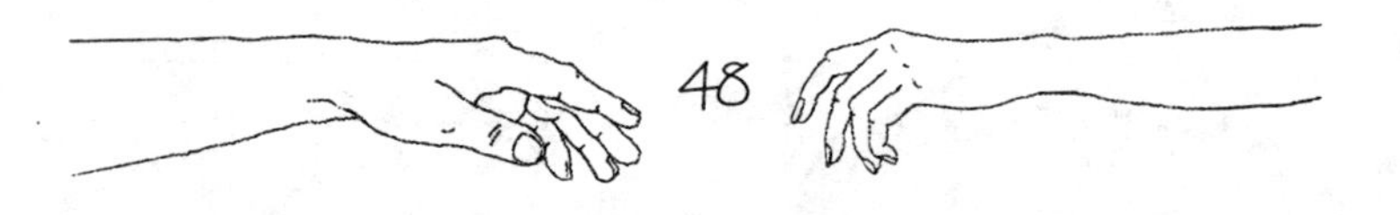

тится, сама похудела, а грудь и бедра будоражат все низменные желания. Манеры мягкие, томные, и голос какой-то стал... глубокий, чувственный. Сашка — везунчик, вовремя разглядел в неуклюжей, крупной девчонке будущую секси».

Рома спохватился: как это он перескочил на подобные мысли, он что, предает Юльку, совсем предает? Нельзя, нельзя им предавать друг друга, их прошлое, все то, что связало так крепко, навсегда, можно сказать, обрекло друг на друга. Обручены-обречены, обручены-обречены... От всех этих поганых дум у Ромы разнылось то самое ребро, будто его по новой раскололи. Он тихонько застонал...

Максима Алена подхватила в районе «Академической». Голосовал, видите ли.

— Богатый мальчик, такси ловишь? — лукаво спросила она, когда он сел к ней в машину.

— Так папаша у меня щедрый! — тоже хитро прищурился мальчик.

— Фи, Макс, брать у родителей в наше время — стыдобица!

— А то ты не знаешь, Елена Степановна, что я сам с усам!

— Да слышала, слышала, что-то ты там работаешь...

— Ничего себе — «что-то там»! Технические переводы с английского и немецкого — вуаля! И хорошо платят... Поскольку, извини за хамство в твоей же машине, у многих твоих коллег, Елена Степановна, даже с русским большие затруднения... Но к тебе это ни в какой степени не относится! — горячо заверил он Алену. Та заулыбалась. — А ты не обидишься, ежели я музычку послушаю? — Максим показал Алене крохотные «ушки» плеера, лежавшие на его больших, уже совсем мужских ладонях.

— Ради Бога! Какой рэп-бэп у тебя там?

— Я же жуткий консерватор, что ты! Только «Битлз». — Он надел наушники, закрыл глаза и поплыл по музыкальным волнам.

«Какой парень вырос! — восхищенно думала Алена, косясь на Макса. — Рост, фигура, улыбка — Ален Делон в сравнении с ним мальчишка». В принципе,

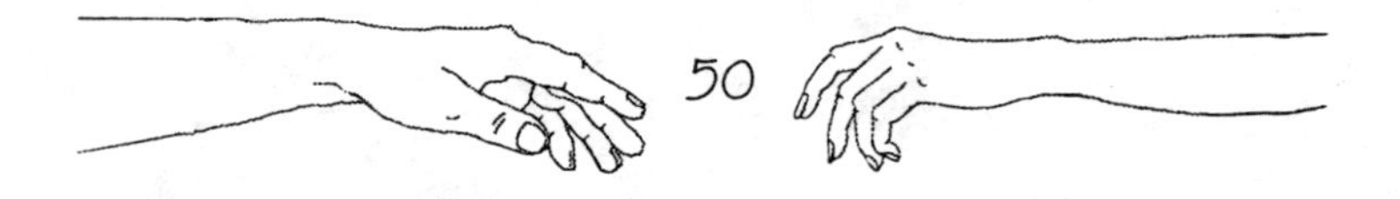

очень похож на Володю, только крупнее мастью чернее, даже кудри вьются – прямо цыганский барон. Неужели он брат этой Юльки-дульки? Вот, что значит семя отца, совсем другая порода...» Алене казалось, что Макс уплыл от нее вместе с музыкой. На самом деле он просто не очень хотел беседовать с Аленой Прекрасной, прежде всего из-за ее отношения к его любимой сестре. В их доме чета Рамазанов-Старцева частенько бывала по делам у отца, а Алена не обладала дипломатическим даром скрывать свои истинные чувства. Кроме того, под «Битлов» Максиму всегда очень хорошо думалось. А сейчас он как раз вспомнил о сестренке...

Любит он ее, конечно, очень. Отлично помнит, как она с ним, маленьким, возилась, играла, гуляла, читала ему, сказки рассказывала. И всегда была такая ласковая, нежная.

Макс испытал шок, когда от мамы узнал историю Ромки и Юли. Он стал любить сестру еще сильнее, да и Ромку начал жалеть. Хотя этот Ромка... Видно, его

тогда действительно сломали — и физически, и морально. Вялый он какой-то по жизни, и поговорить с ним особенно не о чем, такое впечатление, что он все на свете в гробу видал. Юлька рассказывала, что в школе у него были отличные способности к математике, но почему тогда сейчас он починяет видаки и не ищет другой работы, другого дела, чтоб самому интересно было и денежно?

В своем юношеском максимализме Макс производил на свет сплошные категоричные «почему». Хотя одно «потому» он уже давно нашел сам: Юлька. Сестра заблудилась в этой жизни, потерялась сама и заодно потеряла Ромку, скованного с ней одной цепью. Им трудно теперь выйти на цивилизованную тропу, они дважды ударены: сначала своей личной драмой, потом свалившимся на голову капитализмом. Ох уж этот капитализм... Макс считал подарком судьбы, что не поторопился родиться, что вырос и вступает в «большую жизнь», вполне в ней ориентируясь и соответствуя эпохе. Первый курс экономического вуза позади, языки — в порядке, сам себя обеспечивает официальным прожиточным минимумом, умноженным как минимум на пять...

Однако многие старшие товарищи вынуждены ради нормальной жизни ломать себя поперек хребта (хотя какая нормальная жизнь с переломанным хребтом?). Отец — молоток, переломил себя в чем-то и не оскотинел ничуть. Маме явно слегка дискомфортно в этом новом времени, но она смирилась. А вот Алена и Саша... Приспособились, соответствуют. Но что-то в них есть такое... противное. Какая-то неприкрытая, самодовольная сытость, что ли? Впрочем, чего плохого в сытости, скажите на милость? Да ничего, если только громко не отрыгивают... «Я морализирую, как престарелый коммуняка, — осудил сам себя Макс. — Ведь о сестренке думал... Бедная моя Юлька! И стрижка модная, и шмотки отец тебе дарит, а все равно жалко тебя. Все равно в глазах твоих — вечный испуг и тоска. И морщинок много, и волос седеньких. Куплю сейчас тебе самое лучшее мороженое! Ты его обожаешь, я знаю!»

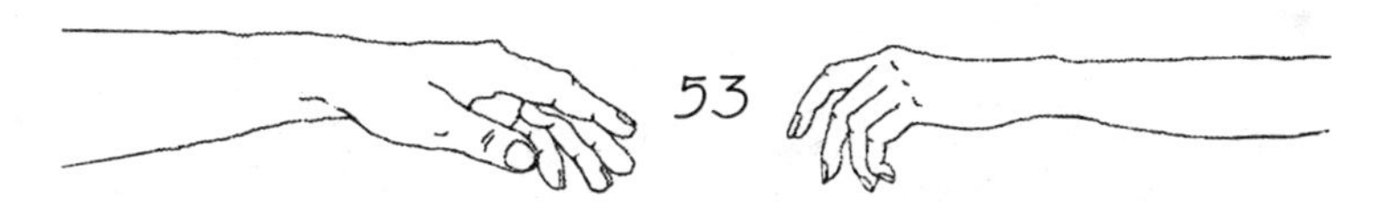

Так размышлял Макс, делая вид, что слушает музыку. Тем временем «Опель» подкатил к Юлькиному подъезду.

— Ты зайдешь со мной? — вылезая, спросил Макс, заранее, впрочем, зная ответ.

— Нет, спасибо, Максик, у меня дел полно. В следующий раз. Сестре большой привет. Пусть звякнет, чего она пропала?..

Поток ненужных слов. Все неправда. И Юльке передавать ничего не будет, только расстраивать ее: Алена подвезла его на своей иномарке! Этого ей еще не хватало!

В это самое время Юлька чаевничала с Ритой. К столь долгожданному четвергу она тщательно подготовилась: навела в доме блеск и чистоту, купила самые дорогие сорта кофе и чая, коробку конфет и отличное французское вино. В результате в кошельке остался пшик, а до Ромкиной зарплаты еще две недели. Но об этом сейчас не думалось. Юле очень хотелось продемонстрировать свое бла-

гополучие. Тем более что в последние годы делать это было абсолютно не перед кем. Все былые друзья-приятели ушли в бизнес, в творчество, молодые мамаши, с которыми она болтала на детской площадке, выгуливая дочь, повыходили на работу... Она осталась совершенно одна, никому и даже себе не интересная. С Ромкой они давно уже сказали друг другу все и не по одному разу. Юлькины ум и чувства не получали новых впечатлений, не было пищи для произрастания чего-нибудь в голове или в душе. Книги не читались. А если и читались, то тут же забывались. Видак уже приелся своим однообразием, хороших фильмов становилось все меньше. Или просто она ко всему привыкла и пресытилась этими фантастиками-ужастиками?

Юлька недоумевала: откуда, где люди берут темы для разговоров? Она приставала к Ромке:

— Вот о чем у вас в конторе треплются, а?

— Цены, Гайдар — предатель, лечиться негде, сериал — дерьмо, «Жигули» угоня-

ют чаще, чем «Москвичи»... Перечисляю в порядке убывания частоты упоминаний.

Юлька пожала плечами:

— Полное отупение. Значит, это всеобщее явление, мы не уроды...

Роман в ответ тоже пожал плечами. Действительно, говорить не о чем. Не о политике же в тысячный раз? А вот Юльке охота поболтать, ей хочется, чтобы он пришел вечером с гребаной работы и еще принес в клюве что-нибудь любопытное, эдакое, что заняло бы ее мысли хоть на сутки. Но где он это самое возьмет? Он же не общается со знатоками из «Что? Где? Когда?».

Было время, он много читал. Но потом вдруг это перестало его занимать. Как в каком-то детском фильме пел султан: «Ах, увы, увы, увы, я утратил вкус халвы». Вот так и Рома утратил вкус книг. Последним, что ему удалось одолеть, была автобиография Агаты Кристи. И что? И ничего — ни уму, ни сердцу. «Оставь меня, Юлька, в покое, я не знаю, о чем тебе рассказать...»

Но всего этого не должна знать объявившаяся из прошлого Рита. Ей надле-

жит увидеть благополучное семейство, в котором царит покой и достаток. Да, на роскошь не хватает денег, а кому из честных людей нынче хватает?

— Ну, а у тебя как? — с преувеличенным интересом подняла бровки Юля. — Стала акулой пера?

— Акула пера утонула, — улыбнулась Рита. — Но деньги я зарабатываю, скрипя пером.

— Как это?

— Главное, Юленька, вовремя сменить пластинку. Вовремя понять, что от тебя хочет сегодняшний день. А твои желания — это твои личные трудности...

Рита хорошо помнила тот день, когда она «сменила пластинку», или, выражаясь языком Макса, «переломила себя»...

Проклятое сверло дрели впивалось прямо в правое ухо: и-и-з-зу-тр-р! Рита, конечно, уже не спала, но все равно накрыла голову подушкой мужа и зажмурилась: «Я не обязана вставать «по сверлу». Сволочь, гад! С утра пораньше!»

«С утра пораньше» — это в десять часов пятнадцать минут. А «сволочь и гад»

вообще неизвестен: дом двадцатидвухэтажный, трехподъездный, сверлить могли где угодно — сверху, снизу, справа, слева, но с одним эффектом: казалось, что сверлят именно у тебя в комнате. Рита тяжело вздохнула — бороться бессмысленно, тем более что пора вставать. Она решительно отшвырнула подушку и откинула одеяло.

— Ванька, подъем! — изо всех сил крикнула Рита, стараясь переорать дрель.

За завтраком Ваньке влетело лишних раз десять. Рита была на нервах. Помимо дрели случилась еще одна неприятность — из ванной ее вытащил телефонный звонок. То была Ирина Владимировна, заведующая отделом морали журнала «Столичная весть».

— Ритуля, как дела? В следующий номер хочу заложить твой материал. Ты что-то там говорила о статье про материнство и детство, или о здоровой беременности — не помню... Он в каком виде?

— Готов, готов, — забормотала Рита. — Только он не совсем об этом...

— Неважно, неси. Место есть, материал нужен страничек на десять. Сегодня можешь? Отлично, жду.

На самом-то деле это был очередной рассказ о женском феминистско-дискуссионном клубе «Омега», то есть и о материнстве, и о детстве, и о здоровой беременности, и о многом другом. Рита пасла этот клуб еще со времен работы на «Радио-парк», да и они, эти дамы-феминистки, тоже с нежностью относились к ней, ведь ими, откровенно говоря, не особенно интересовалась журналистская братия. Хотя они не сомневались: успех, шум, пресса и телекамеры на каждом их заседании еще впереди. А эта милая молодая женщина — только начало, хотя и на редкость преданное: аккуратно ходит на собрания, всегда с блокнотиком, диктофоном или «репортером», периодически делает небольшие репортажики для «Радио-парк», у некоторых дам берет интервью...

Рита скоренько пробежала глазами материал. Вполне! Можно нести со спокойным сердцем. Осталась одна проблема —

пристроить Ваньку. Звонить маме? Нет, лучше ее не обнадеживать возможностью публикации (последняя была уже два месяца назад), а то вдруг опять ничего не выйдет? Мама Ольга Михайловна очень болезненно переживает эту Ритину... «нигдешность», что ли? Человек, который нигде не работает. И в котором никто особенно не нуждается. Ольга Михайловна до пенсии трудилась врачом-окулистом, и ее нужность людям доказывалась по десять раз на дню.

— Иди врачом! — внушала она дочери. Без толку. Та, как завороженная, наблюдала за газетной, суетной жизнью отца. В настоящий транс ее вводила подпись в конце статей — «Евг. Катаев».

Ванька был пристроен к соседке — доброй, одинокой бабуле. Слава Богу, она сейчас в добром здравии, не то что всегда. Хороший знак!

Рита отправилась в ванную комнату и замерла перед зеркалом. «Будем из унылой, «нигдешной» морды делать прелестное лицо светской женщины из самой гущи жизни. Это мы умеем»...

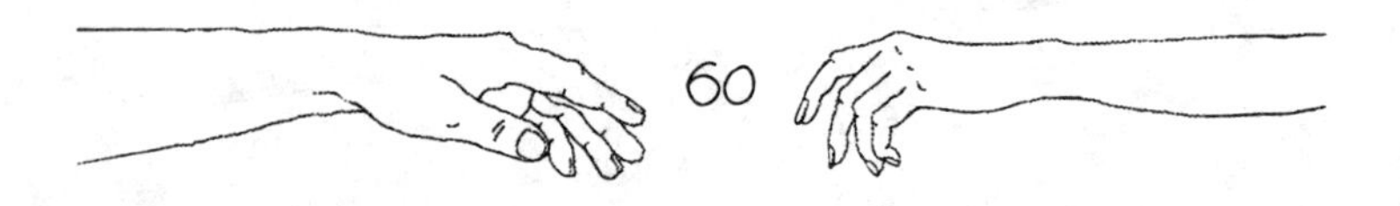

Тяжелая дверь редакционного подъезда сначала никак не поддавалась. Рита давила, давила, вся взмокла... Неужели она так ослабела? Наконец эта чугунная зараза смилостивилась и дала ей проскользнуть в образовавшуюся в результате титанических усилий узкую щель. Рита вырвалась на свободу, на свежий воздух. И тут же плюхнулась на ближайшую скамейку — сил не было. Все они ушли на выслушивание замечательного монолога Ирины Владимировны:

— Ритуля! Ну что это, честное слово? Всерьез феминизмом увлеклась? Это ж бешеные, сексуально неудовлетворенные дамы. Ведь сознайся, все безмужние, да? Что значит — не совсем? Скажем прямо — непротраханные... прошу прощения. Вот и бесятся. А ты, наивная, веришь, слушаешь, пишешь. Нет, кто спорит, дела они говорят много и дурами их не назовешь. Но все это, как ты ни пыталась сгладить, насквозь пронизано бабской истерикой и вагинальным зудом, прошу прощения. Ты что запала-то на них? Ритка, меняй тему срочно, а то порестану верить в тебя. Тебе мало «Радио-парк»?

Слова Ирины Владимировны звенели в Ритиной голове колоколом — от уха к уху, от носа к темечку и повторялись, повторялись до бесконечности...

Это надо было как-то остановить, нужно зациклиться на одной какой-то мысли. Ага, вот: сменить тему, сменить тему. Конечно, она так и сделает, куда ж ей деваться! Уже третий год неудач, поражений. Третий год... Второй раз ее прикладывают. «Радио-парк»...

Мужеподобная и весьма «озабоченная» политическая обозревательница «Радио-парк», кривя в презрении и без того кривые губы, вещала:

— И к чему нам, острому политическому радио, эти дамские фитюльки? Кому это надо? Нет, скажите, кому-нибудь из присутствующих здесь это надо?

— Ну почему же, Надюша, тема нужная, — ворковала горбоносая коротышка, прижимая к сердцу коробку с очередной передачей из цикла «Мы странно встретились...» — чем-то сиропно-сладким,

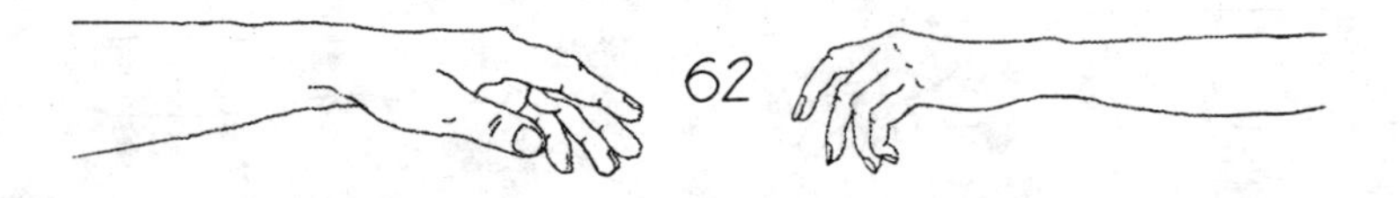

приправленным высоколобой дурью. — Женская тема — это актуально. Тут дело в у-у-уровне... — Слово «уровень» произносилось так, что становилось ясно: у Риты его нет и в помине.

Позже, когда Риту окончательно сжевали, выбросив пленки ее новой передачи в мусорное ведро (естественно, «случайно»), коротышка подхватила «женскую» тему и быстренько свела ее к кофточкам, вытачкам, кутюрье и тампонам. «У-у-уровень» устроил и Надюшу, и все голубое мужское руководство редакции, не желавшее признавать существование иных женских проблем и интересов.

— Это несправедливо, — твердо сказала тогда мама. — Твои передачи были хорошие, интересные. Я объективна, ты же знаешь.

Рита знала: мама всегда весьма строга к ней.

— Как радиожурналистка ты молодец. Материалы компактные, информационно-насыщенные, эмоциональные, музыку отлично подбираешь. Они все коз-

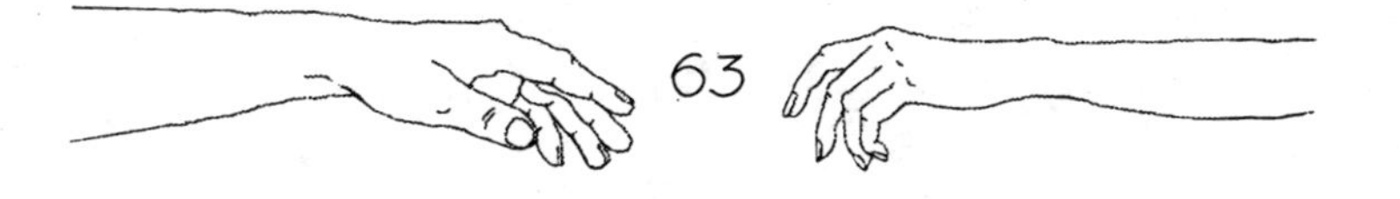

лы, — говорил папа. И ему тоже можно было верить. Он из строгих судей.

— Я ничего в этом не петрю, но тебя слушал с удовольствием, а от вашей коротышки меня тошнит, такая она дура, — Гошины слова, конечно, были за гранью объективности.

Однако вся ее работа последних лет пошла коту под хвост. Пришлось искать место под солнцем в так называемой «пишущей» журналистике. Но и не хотелось бросать тему, «Омегу». И еще... Куда-то вдруг пропал Ритин дар из всего извлекать идеи для статей. Да и время изменилось... «Размышлительная» журналистка стала никому не нужна. Факты подавай, биржевые сводки, курс доллара и кровавые происшествия.

Но жить-то надо в этом мире, другого никто не предлагает. Нужно срочно приставать к какому-то берегу. Рита решительно поднялась и зашагала к метро. Решение было принято: меняем не тему. Меняем все. Будем соответствовать времени и пространству. Отряхнем прах...

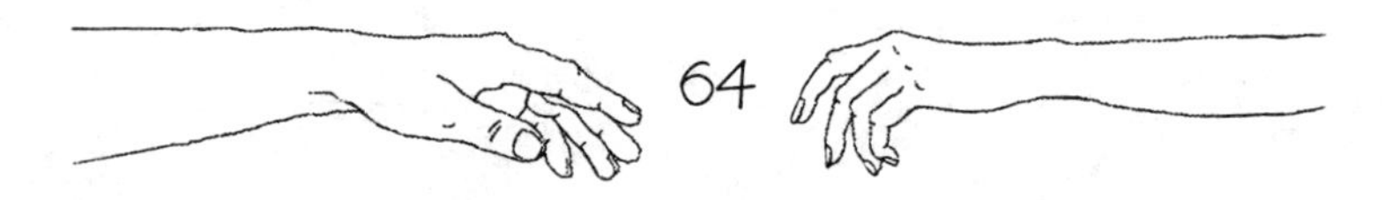

— И я стала слоганистом и текстовиком-затейником, — закончила свой рассказ Рита.

— Что это за зверь? — удивилась Юля.

— Ну я сочиняю рекламушки, пресс-релизы, всякие феньки типа «у МММ нет проблем», тексты для рекламных роликов, изредка пишу рекламные статейки... Что хорошо: тружусь дома, в конторе появляюсь по необходимости.

— А как платят?

— Построчно. Исходя из курса доллара. Да неплохо выходит!

— Слушай, как здорово, Ритка! — Юлька аж запрыгала на своем стуле. — Тебе реально повезло в жизни!

Рита взглянула на нее исподлобья:

— Видишь ли, Юля, я хотела быть журналисткой. Может, ты и не чувствуешь разницы...

— Ну, почему же... Я понимаю, — Юля с трудом сдерживала раздражение: ишь, и работа, и общение, и деньги какие-никакие — все у мадам есть, а она, оказывается, еще чем-то недовольна. Она, видите ли, «хотела быть»...

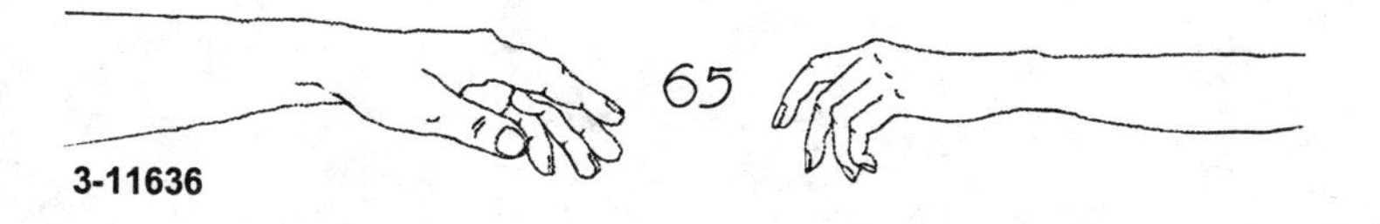

3-11636

Нельзя сказать, что Юля ни разу не делала попыток выйти в свет, на службу. Но все они кончалось ничем. Либо работа была уж больно тоскливой (в библиотеке регистрировать новые поступления), либо она просто не тянула.

Привел ее как-то Володя в одну фирму. Ее согласились взять — все-таки дочка уважаемого и нужного человека. Ей дали неделю на то, чтобы освоить компьютер, ксерокс, факс, пообещали помочь, разумеется, чтобы со временем она стала солдатом в армии секретарей-референтов. С очень недурным окладом, кстати.

За неделю Юля не сумела ничего. Она боялась компьютера, вздрагивала от звуков принтера, комплексовала перед большими, ногастыми девицами... А в один прекрасный день и вовсе не пришла на работу.

— Ну, в чем дело, миссис? — Володин голос в телефонной трубке был резок. — Какие претензии на сей раз?

— Я не могу, дядя Володя, — виновато ответила Юля. — Я, наверное, не подхожу.

— Конечно, не подходишь, — язвительно согласился он, — потому что ни черта не умеешь! Надо учиться, а ты что?

— Я ничего, — прошептала Юля и аккуратно положила трубку на рычаг.

Людмила Сергеевна пыталась образумить дочь:

— Почему ты перестала хотя бы печатать?

— У меня стали болеть от этого пальцы. И потом я тупею от такой работы.

— Ах, тупеешь! Ну, выучи язык, пойди на курсы гидов, найди себе хоть что-нибудь, от чего «не тупеешь»!

— Учиться? Я хроническая троечница, мам. Я учиться не люблю и не умею.

— Ты просто бездельница! — кричала Людмила Сергеевна.

А может, это правда? Юльке не хотелось делать ничего вообще. Потому что она ни в чем не видела никакого смысла. Звезда, которой она молилась, погасла. Та звезда звалась Любовь. Вроде и Ромка никуда не исчез, тут он, под боком, даже слишком под боком... Но будто кто-то отобрал у Юльки это чувство, вынул у нее

из нутра и унес в неизвестном направлении. А она даже не заметила, когда это произошло. Просто вдруг все в жизни потеряло значение, все стало ненужным. Да и сама жизнь уже не нужна.

Неужели это она прыгала на Ромку с мяуканьем и буквально срывала с него одежду? Куда девается такая страсть, такой пыл и вожделение? Было время, когда стоило ей лишь подумать о его руках, губах, тут же начинало щекотать где-то под ложечкой, зудели соски, перехватывало дыхание... Теперь у них месяцами ничего не бывает, и вроде никому и не надо. И ему тоже, а ведь у него никого нет, она точно знает. Когда-то он был ее частью, как, скажем, рука или нос. Ей ли не знать свой собственный нос до самого кончика? Без него не прожить никак. Без носа...

Юльку понесло на бабские разговоры. Сыграли роль три рюмки вина. Не так уже и хотелось ей сохранять маску полного благополучия, требовалось по душам покалякать о самом том, о женском... Сто лет ни с кем об этом не болтала! А эта Рит-

ка... Не то чтобы она расположила сегодня к себе Юльку. Мадам явно с жиру бесится, ее проблемы — чушь собачья! Сама вся такая модно-деловая, и квартира у нее двухкомнатная, и взгляд гордый — уверенной в себе и независимой женщины. С чего? Противно, ей-богу! Но среди кандидатов на «поболтать и поделиться» выбор у Юльки невелик. Да и имелись некоторые жизненные совпадения: стаж супружеский у них примерно одинаковый, дети — ровесники. Но о детях говорить совершенно не хотелось, зудели мысли о другом... Юлька только рот успела открыть, как вдруг Рита спросила:

— Ну, а как наши Ромео и Джульетта пятнадцать лет спустя? Чудеса еще бывают на этой земле?

Юля заговорила грустно и в то же время суетно, торопясь выразить то, что давно носила на душе:

— Нет, Рита, нет, чудес не бывает! Нет ничего вечного, ничего волшебного. Все проходит, вот только куда проходит, куда уходит? Вся нынешняя жизнь абсолютно не стоит тех прошлых страстей-мордас-

тей. Не надо было кости ломать... Хотя при этом — не знаю, как объяснить, но чувствую, и Ромка чувствует — друг без друга нам нельзя, мы как сиамские близнецы, сросшиеся по собственной воле. Смешно?

Рита покачала головой:

— Куда уж смешнее! Похоже на клаустрофобию: если даже помещение закрыто, но есть дверь, то все нормально, ты знаешь, что можно выйти. А вот если лифт, да еще застрял — тут все, крышка.

Юлька с испугом взглянула на Риту:

— Ты что, больна этой... фобией?

— Да нет, просто была у меня одна знакомая. Она всегда повторяла: главное знать, что есть дверь.

— У меня ее нет...

— Потому и не смешно. Если бы была, ты и относилась бы ко всему иначе.

— А тебе... не нужна такая дверь?

— Чем я хуже паровоза?

— Но ведь у вас с Гошей...

— А у вас с Ромой? Сама только что долдонила: все проходит и уходит.

— Ты его больше не любишь?

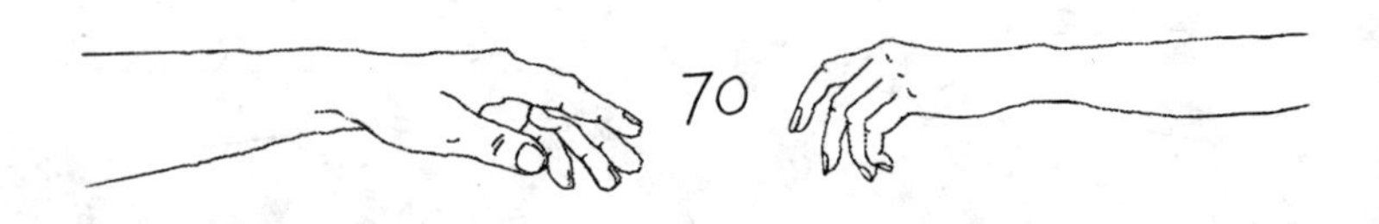

Сложнее вопроса для Риты не существовало. Потому что, если что и было в ее жизни действительно стоящее в плане любовных треволнений, так это ее роман с Гошей в семнадцать лет. Безумная, страстная любовь всем подругам на зависть, любовь до слез, до умирания от разлуки на один день, до фетишизма — она нюхала его майки, рубашки, плакала, целуя их. Сейчас, на трезвую голову вспоминая все то «прекрасное», Рита понимала: ничего прекрасного-то и не было. Никакой романтики, даже цветов (откуда у мальчишки-первокурсника деньги?), ничего того, что напридумывалось тогда в ее дурной, очумелой башке. Был хороший, добрый, заурядный мальчик Гоша, совершенно обалдевший от обрушившейся на него любви симпатичной девчонки, умной, начитанной, слегка «прибабахнутой» литературным воспитанием.

За все в жизни надо платить. Даже за любовь. За свое безумное чувство Рита теперь расплачивается женским одиночеством. Гоша — милый, добрый... братик, за которого она горло перегрызет, настолько он ей дорог... Бедный, милый Гоша! Проклятый Гоша! Ей всего-то тридцать два, а с мужчинами сплошная неловкость. После так называемых «отношений» с ней у ее двух... нет, трех кандидатов на роль Мужчины Ее Жизни на лицах читалось недоумение: странная баба, непонятная, да к тому же динамщица. Она будто все что-то искала, все шарила глазами, нервничала и бормотала: «Ну не надо, пожалуйста, ну не надо ну, попозже». Сплошное недоразумение.

Рите самой неловко вспоминать свои увлечения. Не умеет, не получается, совершенно в этом деле бездарна. Вся растратилась тогда, в семнадцать.

Вот Гоша-то за что платит? За что ему ее холодность, ее чисто женское равнодушие? Может, за то, что так легко сдался, позволил обожать себя, сам особо не пылая. Не очень-то и ценил, по правде говоря, принимал все как должное. Теперь полюбил, привязался, ходит за Ритой: «Делай что хочешь, только не уходи. Ты — моя жизнь. Без тебя я пропаду, без тебя я

ничего не могу и не хочу». Рита в ответ стелет себе постель на раскладушке. «Гош, я еще никуда не ухожу и вряд ли уйду. Кому я нужна, дурашка? Только ты руками меня не трогай, пожалуйста, ладно?»

— Я теперь и не знаю, что такое любовь, — задумчиво произнесла Рита. — Понимаю: без него мне будет плохо, он любит меня, чувствует лучше других, а это дорогого стоит, но... Но...

Но как это объяснить, черт возьми? То, что радиожурналистка Маргарита Гаврилова, видите ли, никак не может «подложить» под их отношения музыкальное сопровождение — тему из фильма «Мужчина и женщина» или любимую свою стрейзандовскую «Женщину в любви»... Не подходит, не соответствует! А ведь много лет назад она спешила к нему на свидание в ритме «Шербургских зонтиков»...

— Я тебя понимаю, — кивнула Юлька. — Но зато ты знаешь: у тебя есть дверь.

— Да, в принципе, я могу завести, например, любовника и перебеситься. Тео-

ретически. Но а тебе-то что мешает? Не бросая Ромку, просто взять и...

— Нет, — тихо и твердо сказала Юля. — Невозможно. — У нее тоже было свое, необъяснимое, непонятное другим. Тот снег, на который падал Ромка, его кровь на белом, а потом... Ты же знаешь, если не забыла... Все случилось из-за меня... Нет, послушай! — Она подняла руку, как бы останавливая Риту, сделавшую удивленное лицо и собиравшуюся возразить. — Да, виноваты его мать-ведьма и бабка, которую вон даже смерть не хочет забирать. И все-таки из-за меня, я никогда не смогу забыть об этом. Как бы мне ни хотелось выйти в дверь, у меня ее нет, Ритка...

В эту секунду раздался звонок.

За дверью стоял Макс. На некотором отдалении от себя он держал шуршащий пакет с начавшими таять стаканчиками импортного мороженого. Хотя был уже конец августа, солнышко припекало вполне по-июльски.

— Они тают, Юль, они упорно тают! Скорее дай блюдца, сестра!

И он быстро направился в кухню. Юлька тем временем возилась с замком. Через секунду-другую она с недоумением отметила, что из кухни не доносится ни звука. «Что там происходит?»

Темно-серые глаза смотрели прямо в глаза-вишни. Макс забыл про мороженое, и из крохотной дырочки пакетика на пол упала белая жирная капля. Но ни он, ни Рита не обратили на это никакого внимания. Вошла Юля.

— Что за немая сцена, эй?

— Сестра, — пробормотал Макс. — Предупреждать надо. Кто эта прелестная девушка?

— О, Боже! Эта прелестная девушка — моя знакомая еще с десятого класса. Ритой зовут. А этот ненормальный, Рита, — мой любимый брат Максим, предпочитающий, чтобы его звали Максом. Выпендрёжник...

— Юлька, не наезжай на меня в присутствии... Маргариты? — Он продолжал восхищенно оглядывать покрасневшую Риту. — В переводе с латинского ваше имя значит «жемчужина». Вы очень соот-

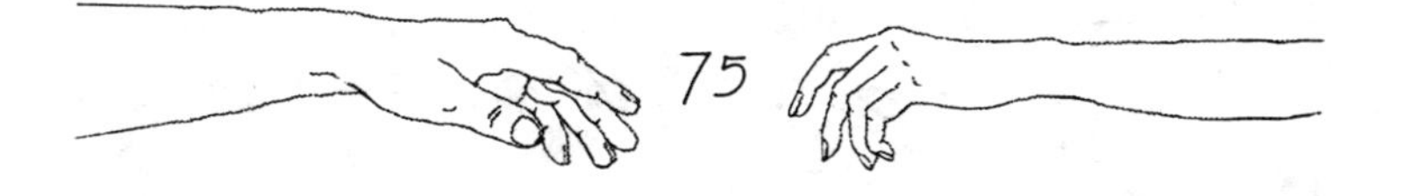

ветствуете ему! — вдруг он упал на колени перед ней, все так же держа на весу тающее и капающее мороженое: — Это конечная остановка, я схожу. Благослови нас, сестра!

— Прекрати паясничать! — закричала Юлька, чувствуя, что происходит что-то совсем не смешное, а неправильное и неприличное.

«Господи, какая дичь! Но мне это ужасно нравится! И он мне тоже очень нравится...» — подумала Рита, будучи не в силах произнести хоть слово, не в состоянии оторвать взгляд от вишневых глаз.

У Алены вовсе не было никаких дел. Но идти к Юльке? Чего греха таить перед самой собой: осталось у Алены по отношению к Ромке что-то большое, красивое... Когда рядом Сашка, то еще ничего, но заходить в его дом одной, видеть его вещи, его жену — это слишком.

В принципе, можно было ехать домой. Но отсюда до Юго-Запада — рукой подать, и Алена решила сделать крючок и заехать к Татьяне Николаевне.

Они частенько перезванивались и даже встречались. Тогда, давно, в разгар драматической истории любви, только Танечка вспомнила про Алену и помогла ей выбраться из жуткой депрессии. Все ведь плясали вокруг Юльки — как же, она такая маленькая, несчастненькая, так страдает! А Алена что? Сильная девка, ей как с гуся вода. Никто и знать не знал, как в голос выла она, стоя на коленях и не умея молиться, грозя кулаками в потолок, вместо того чтобы просить, ругая Бога; как болела у нее каждая сломанная Ромкина косточка; как однажды она всю ночь ходила вокруг его больницы, кружила и кружила в полной темноте, пока не начало светать, а ее мать тем временем обзванивала морги и больницы... Днем Алена не приходила к Ромке, она не могла видеть никого из его родных, тем более Юльку. Это они сделали с ним такое! Зато после похорон Ромкиного папы, когда уже все разошлись с кладбища, Алена несколько часов просидела у его могилы, разговаривая с ним, рас-

сказывая ему, какой у него замечательный сын и как она его любит.

Тогда она похудела на десять килограммов. Этого снова никто не заметил, кроме матери, собравшейся даже положить ее на обследование. Тут и возникла Татьяна Николаевна. Оказывается, она таки углядела, что происходит, и испугалась за Алену. Стала приходить к ней домой, разговаривать с ней... Что она говорила тогда? Совершенно не запомнилось. Наверное, какие-то банальности. Но Алене становилось легче просто от звука ее голоса.

Потом Татьяна Николаевна почти силком водила ее в кино, в театр, в какие-то музеи. И постепенно Алена заново научилась смотреть по сторонам и вверх, а не только перед собой, реагировать на людей, улыбаться... Ее мать готова была Татьяне Николаевне руки целовать.

Чудом Алена закончила школу. Хотя какое чудо? Все Танечка, ее стараниями. И с Юлькой, и с ней во время экзаменов обращались, как со стеклянными. Просто выставили, не спрашивая ничего, тройки по всем предметам, ну кое-где четверки. Ни той, ни другой больше и не надо было. Им вообще ничего было не надо...

Но вокруг Юльки водились хороводы. А Алена без Танечки, Татьяны Николаевны, возможно, и сдохла бы.

Поэтому сейчас Алена гнала свой «Опель» к дому учительницы, которая жила все там же. И все так же была абсолютно одинока. Всегда, когда начинало свербеть на душе, Алену тянуло к ней. Вот и теперь засвербело...

Однажды Алена тоже помогла Татьяне Николаевне, чем несказанно гордилась. В девяносто первом году, когда зарплата учителей окончательно сровнялась с подаянием нищим, Алена решительно сказала:

— Бросайте эту муру. Этак вы впадете в голодное существование. И очень скоро.

— И что я буду делать? Я больше ничего не умею...

— Вы кто? Учительница! Ваша профессия — работать с детьми. А маленькие детки намного лучше больших. Вы будете приходящей няней!

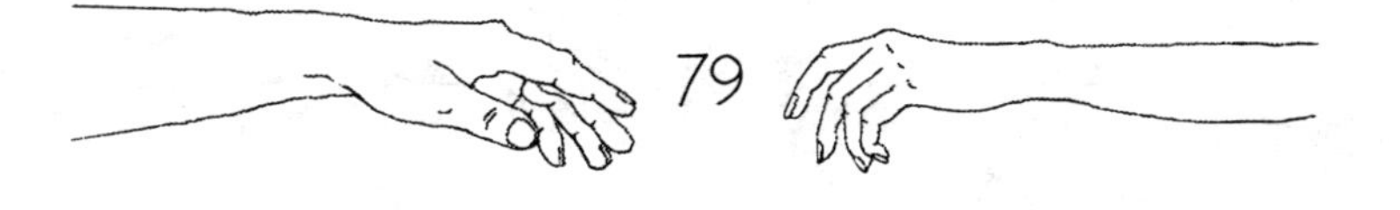

— Что?!

— Нечего так вскидываться. У вас тут кучу престижных домов понастроили, клиентуры — завал. Первых двух-трех я вам обеспечу, кое-какие знакомые с малышами здесь себе квартиры купили... Вы — няня с высшим образованием, причем с педагогическим, а это у них в большой цене. В советские детские сады они своих чад не отдают, частных еще очень мало, соответственно, няньки высоко котируются. Сто баксов в месяц гарантирую.

— Алена, окстись, у меня своих детей никогда не было, я не знаю, как обращаться с малышами!

— Это даже плюс. Все великие педагоги, как известно, не имели детей. Несите это, как знамя. Вы подарок, благословение судьбы! Ведь этим дамочкам надо и к косметологу, и к парикмахеру, и к Славе Зайцеву. Ребенок же их вяжет по рукам и ногам. А тут вы — фея из сказки! И не спорьте, все! Завтра вам будут звонить, договоритесь о встрече...

Таня не очень сопротивлялась. Сил на школу, на когда-то любимые уроки уже

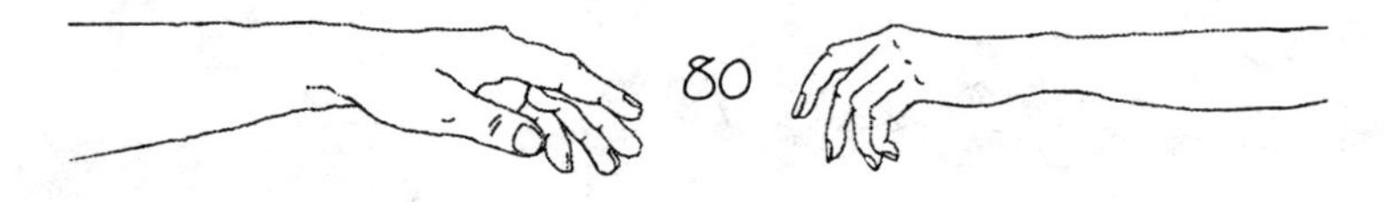

совсем не осталось. Дети стали настолько другие, что она не находила для них слов. Она, «словесник», как раньше это называлось! А самое страшное — она их больше не любила. Ах, какие раскомплексованные, независимые, все знающие про жизнь! Этих в Питер не ушлешь и из окна не скинешь — просекут ситуацию с пол-оборота, сами кого хочешь выкинут! «Я не права, я чудовище! Меня раздражают свободные люди, свободные дети! Надо что-то делать с собой». Но менять и воспитывать самое себя в процессе обучения и воспитания раздражающих тебя ребят — дело гиблое. «Почему они должны видеть и испытывать на себе мои ломки и комплексы? Им-то это зачем? Им себя надо строить. Да, пришла пора уходить. Но куда?..»

В няни! Ай да Алена, как вовремя тебя посетила столь блестящая идея!

— Алена, мне до пенсии пять лет.

— Я вас умоляю, Татьяна Николаевна! До какой пенсии? С зарплаты няни вы запросто сможете откладывать в ящик стола себе на старость. И послушайте доброго совета: как бы ни хотелось, никуда не вкладывайте их! Только в ящик!

С тех пор Таня жила именно так, как велела Алена. «Клиентов» хватало, они передавали ее с рук на руки, как большую ценность: честная, аккуратная, их тупых детей читать учит, никаких скандалов и недоразумений. Интеллигентка! Гувернер, конечно, престижнее, но и раза в четыре дороже. К чему?

У Тани денег теперь хватало на все желаемое. Даже на кое-какие приличные шмотки. Вот недавно сделала себе шикарный подарок — дорогущий эрмитажный альбом! Это была ее давняя мечта. «Я теперь могу купить себе мечту», — думала Таня. Только спросили бы ее, счастлива ли она, не ответила бы, растерялась.

В кухне у Юльки происходило несусветное: все трое сидели за столом — Макс с лицом человека, выигравшего в лотерею миллион долларов, Рита немножко испуганная, но с сияющими глазами, Юльку же крючило и выворачивало наизнанку.

— Макс, ты сопливый мальчишка! Твоей матери могло бы быть столько лет, сколько нам с Ритой.

— Юльчик, сестричка, у тебя температуры нет? У нас с тобой одна мама, Людмила Сергеевна ее зовут, и родила она меня, когда ей было хорошо за тридцать, — и улыбнулся, паразит, не сводя глаз с этой дуры.

— Ритка, а тебе домой к мужу и к сыну не пора?

— Да, конечно... А почему... А зачем ты... — Ритины губы растянулись в улыбке, она просто не могла не улыбаться, глядя на Макса, а надо бы прекратить, Юлька сердится, с чего-то стала совсем злая.

— Мадам Гаврилова, когда произошла известная вам история и вы мучили меня своими вопросами, этот сопляк ходил на четырех конечностях, говорил «гы» и делал в штаны. Памперсов тогда не было, все текло на пол.

— Как интересно! Но, Юленька, все вырастают. И все мы были маленькими и говорили «гы». Жаль только, что не было

памперсов! Как удобно сейчас молодым родителям!

— И что замечательно! — подхватил Макс. — Памперсы бывают и мальчишечьи, и девчачьи, еще они делятся по возрастам, весу, я слышал...

— Да вы что оба! — аж взвизгнула Юлька, вскакивая. — Издеваетесь надо мной?

Макс и Рита тихонько засмеялись. Ни над кем они не издевались и не думали даже. Просто они отключились от всего, все их системы настроились исключительно друг на друга.

В этот день Ромка освободился пораньше. Единственное, что хорошо в их паршивой конторе — не надо «отсиживать»: выполнил норму, свой личный план — гуляй смело.

Но домой не хотелось. Домой или к Юльке? Ромка гнал от себя этот вопрос. Куда же податься? К друзьям? Где они, друзья? Кому ты нужен, если беден и не интересен даже самому себе? Да-да, надо что-то менять в жизни, совершать какие-то телодвижения! А ради чего? Семьи? Не

вдохновляет. Ради себя? Тем более. Для дочери, Аськи? Смысла нет. Все равно не оценит, за что-нибудь осудит, упрекнет, плюнет на отца и выйдет замуж за какого-нибудь... Все дети такие, он сам, что ли, лучше? Он вообще стал для своего отца убийцей. А маму предал. Его кости срослись, а вот папу не вернешь. И мама сколько уж лет из-под бабки горшки выносит. У Ромки никогда не повернулся бы язык сказать, что они расплатились за собственную подлость, он понимал: то была такая любовь к сыну. Кретинская любовь... А бывает ли другая? Может, это чувство изначально неполноценное, ненормальное, делающее людей или глупыми и смешными, или подлыми и страшными? И всегда приводящее к катастрофе. Ведь куда ни глянь, всюду сначала любовь, а потом из-за квартиры режут друг другу глотки или начинают патологически лгать друг другу. Вот у них с Юлькой то же: сперва была любовь, да еще какая, а теперь — такая пустота, хоть волком вой, и главное, что из нее нет никакого выхода.

Дочь, дочь, долг, долг... Вроде бы должно стимулировать? Но хоть убейте, не может он из-за одной Аськи ощутить полноту жизни! Пусть дочка на себя рассчитывает, она растет красивая, на бабу Люсю похожая... Лю-у-уся, Ю-у-уля, А-а-ася! Ромка решительно повернул в сторону маминого дома. Его отчего дома.

Татьяна Николаевна принимала Алену. Красиво принимала: в комнате, увешанной батиками, на изящном журнальном столике из светлого дерева стояли чашечки с кофе, кувшинчик со сливками, сахарница и огромная коробка дорогущих шоколадных конфет.

Танечка изменилась. Но сказать «постарела» — значит упростить все до примитивных категорий... Не так уж она и постарела, напротив: стильная одежда и модное карэ из окрашенных в медный цвет волос придавали ей вид моложавой, следящей за собой удачливой пожилой дамы. Если бы не глаза. Тот, кто знал ее раньше, заметил бы: нет больше пытливого, острого и всегда чуть насмешливого взгляда. Ее глаза теперь как будто спра-

шивали: а почему все так происходит? Иногда в них виделась растерянность человека, которому вдруг на закате жизни велели: а теперь танцуй ламбаду, так надо. И он танцует.

Все это мог заметить только хорошо знавший и понимавший Татьяну Николаевну человек. Или наблюдательный и тонкий. Алена к таким не принадлежала. Она видела прическу, модную блузку и искренне радовалась за свою бывшую учительницу.

— Аленушка, ну зачем ты так потратилась? Я ж эту коробку конфет за два года не съем!

— Я съем, буду почаще заходить!

— Тогда другой разговор! Может, я тебя все-таки ужином накормлю? — Татьяна Николаевна привстала, готовая бежать на кухню (не часто выпадает одинокой женщине радость о ком-то позаботиться, тем более — покормить).

— Нет-нет, сидите, ради Бога! — Алена сама вскочила и усадила Танечку обратно. — Я не есть пришла, а, между прочим, поскулить, на жизнь пожалиться.

Таня с улыбкой оглядела бывшую ученицу. «Хороша стала, ничего не скажешь! Высокая, стройная, глаза бархатные, большой, модный нынче, выразительный рот, белозубая улыбка. И волосы... Что такое научились теперь делать с волосами, что они кажутся густющими, блестящими и лежат идеально, как у героев «Санта-Барбары»?» В школе, Таня помнит, у Алены подобной шевелюры не было... А маникюр... «Господи, о чем это я? — виновато спохватилась она. — Ведь Алена сказала, что...»

— Ты собралась плакаться и на жизнь жаловаться? Ты, Алена? Не может быть.

— Почему? Опять — Алена сильная, Алена большая! А Алена, между прочим, слабовольная дура, которая уже шестнадцатый год любит одного идиота и все надеется на чудо, как первоклассница! — Последние слова она произнесла со слезами в голосе.

— Неужели? — удивилась Таня.

— Ну, может, не совсем так, — спохватилась Алена. — Может, это не та любовь... Но скажите на милость, Тать-

яна Николаевна, что это тогда? Подвезла сейчас Максима, Юлькиного брата, к ним домой, так от близости его... то есть его дома, в брюхе, вот тут, — она похлопала себя по твердому тренированному животу, — похолодело. Когда думаю о нем — или реву, или включаю лирический музон, ежели никто меня не видит, танцую. И это длится почти шестнадцать лет! Макс уже вырос, вот такой лоб, а я все дурю. Любовь это или нет?

— Не думаю, нет, — Татьяна Николаевна успокаивающе похлопала ее по руке. — Ты у нас натура романтическая, тебя будоражат воспоминания юности, те грезы. Предложи тебе сейчас: брось своего замечательного Сашу, работу, друзей и поселись где-нибудь в шалаше с Ромкой и с его нынешними проблемами. Согласишься?

Алена задумчиво постукивала указательным пальцем по нижним зубам и смотрела в потолок. Минуту спустя она тихонько ответила:

— Не знаю...

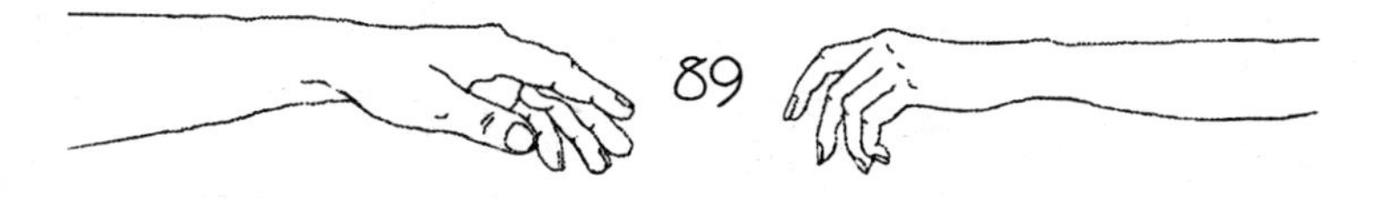

— Вот видишь! А любовь не рассуждает.

— Как Юлька тогда? — зло спросила Алена. — Не рассуждала, не рассуждала — и всех под монастырь подвела!

— Господи, что ты несешь? А если бы ты была на ее месте?

— Я? А я бы не позволила никому нас морочить, я бы сразу поехала тогда за Ромкой и выяснила всю подноготную. Вы же помните, как я за ним в другую школу перевелась?

— Помню.

— Так я и в Питер хотела ехать! Но потом рассудила, да, Татьяна Николаевна, рассудила: он меня не ждет, вернее, ждет не меня! А эта... дура... не рассуждала, а страдала, видите ли!

— Ты будто ее обвиняешь, а ведь она ни в чем не виновата! И вообще, что ты сейчас-то взъелась на нее, зачем вспоминать, столько лет прошло...

Алена перевела дух. От возбуждения ее щеки раскраснелись, глаза заблестели то ли от гнева, то ли от слез. Она взяла себя в руки и заговорила тише:

— Взъелась? Да бесит меня бездарность ее жизни. Трутень в бабском обличии! И Ромку в «совка» превратила. Ведь предки ее живут достойно, красиво. Владимир там добытчик, коммерсант экстра-класса! Жена его, мать Юлькина, все равно работает, что-то там переводит, зарабатывает. Макс — всегда при деле и при своих деньгах. А эта... слюнтяйка, отрыжка социализма!

— Ален, а тебе не приходило в голову, что человек мог не найти себя или потеряться, особенно в это чумовое время?

— Чушь! Все что-то делают, живут достойно...

— А что ты в это слово вкладываешь?

— Не убого! Не сиротливо, считая копейки. Все работают, не гнушаясь ручки запачкать или переутомиться. Машины покупают, дачи, квартиры... Книги, между прочим, картины там... Детям дают образование, которое в мире котируется. Все крутятся.

— Да кто «все», Алена, побойся Бога!

— Ну, большинство. Даже вы...

— Это ужасно!

— Что?

— Большинство... Я всегда, еще смолоду, боялась «большинства», оно меня пугало. Теперь я знаю, что «большинство» — это еще и очень стыдно...

Юльку так трясло, что пришлось укутаться в плед и включить обогреватель. Хотя на дворе стояло лето.

Эти два идиота ушли вместе, по-идиотски улыбаясь и не сводя друг с друга глаз. Спасибо, хоть за ручки не взялись при ней! Ее тошнило от их вида! И чего Максу вздумалось именно сегодня припереться? Тоже мне, брат заботливый. Ах, какие страсти с первого взгляда! Любовь...

Любовь? Любовь испортила жизнь ей, Юльке, чего уж перед собой лукавить. Сделала ее пустой и нищей. Можно до бесконечности перечислять все провалы и неудачи, явившиеся следствием именно ее, любви. А теперь все неприятности происходят из-за ее отсутствия. Такой вот парадокс. Отдавшись ей без остатка и лишившись ее, становишься живым мертвецом, которому ничего уже не надо.

Даже дочка Юлю не особенно волнует: сыта, здорова и слава Богу! Оказывается, любовь — чувство всепоглощающее, и если любишь кого-то сильно-сильно, то любишь весь мир, а если чувство к избраннику ослабевает, то и близким — родителям, ребенку — его достается все меньше.

Отсюда вывод: лучше ее и не знать, бежать от первых ее признаков, очертя голову, жить умом и расчетом, без страстей, испытывать нормальные чувства к детям и старикам, животным и всему человечеству в целом.

Юлька скинула плед и решительно встала. Зашнуровывая кроссовки, дабы идти за дочкой в сад, она почти успокоилась: эти свои мысли она выскажет Максу, все ему объяснит, он всегда ей верил... А Ритке просто нужен самец — и на это она ему тоже намекнет, мол, конечно, муж наскучил, а тут такой молодой красавец... «Не отдам я тебе брата, Ритка, фиг тебе, журналюга неудачливая!»

В дверь позвонили как-то робко, неуверенно. «Кто бы это мог быть? — Вера Геор-

гиевна тяжело, вперевалку пошла открывать. — Как болят ноги, спина! Эта бесконечная возня с мамой, почти неподвижной, тяжелой, брюзгливой...» На пороге стоял Роман.

— Здравствуй, мама!

— Как ты давно... Заходи, заходи! — Вера Георгиевна засуетилась, разволновалась: «Рома, Ромасик пришел. Может, это добрый знак? Знак — чего? Какая ерунда!»

— Как там дочка твоя, Ася? — торопливо заговорила Вера, усадив сына в кухне за стол и захлопотав у плиты.

— Моя дочка... она еще и твоя внучка, — грустно заметил Рома.

— Да-да, конечно, прости! Как она?

— Все в порядке, ходит в сад, по выходным ездит к бабе Люсе.

Вера вздрогнула. «Лю-у-ся! Лю-у-усенька!» Интересно, был бы Костя рад, что у них общая внучка? Этот вопрос преследовал Веру с Аськиного рождения. И именно поэтому у нее не возникало желания видеть эту девочку. Абсолютно ника-

кого! «Бабушкинский инстинкт на нуле», — шутила она сама с собой.

— А как бабуля? — спросил Рома.

— А, — Вера махнула рукой. — Без изменений в какую-либо сторону. — Она тяжело вздохнула.

Роман внимательно поглядел на мать и ужаснулся: старуха! Такая же, как бабушка, только ходячая. Волосы все седые, редкие, всклокоченные, глаза потухшие, веки набрякли. И согнулась как-то вся, будто горб у нее растет. Жалость захлестнула Ромку... А Вера в это время тоже исподволь разглядывала сына и ужасалась не меньше: был же интересный парень, а что от него осталось? Худющий, бледнющий, неухоженный какой-то, на плечах килограмм перхоти. Последний раз он заходил месяцев пять назад, денег принес на лекарство... Куртку не снимал тогда, и не было так заметно, какой он щуплый и заброшенный. Ему тридцать два, а выглядит на сорок. Не мужик, а какой-то веник, или, как там сейчас говорят — «совок». Костя и то был мужчина помасштабнее, попрезентабельнее.

Мать с сыном бросились друг к другу в порыве взаимной жалости, всхлипнули, обнялись. «Переехали нас, как трамваи, все эти “Люси-Люсеньки”», — думала Вера, впрочем, без ненависти, вполне остыв от былых страстей.

— Я уже старенькая, малыш.

— Зови меня Максом. Я тебе дам — малыш. И в каком это месте ты старенькая?

— А вот в этом, — Рита подергала себя за волнистую прядь волос, выбившуюся из стянутого пестрой резинкой «хвоста». Видишь, сколько седых?

— Ну-ка, ну-ка… — Макс погладил прядку, потом поднес ее к губам и нежно поцеловал. — Они не седые, а серебряные. Дурочка, это волшебные волосы, чем их больше, тем человек счастливее, красивее и умнее.

— Да-а? Ну, в таком случае, я пока что все-таки несчастная, уродина и дура.

— Мадам, на вас не угодишь!

— Не дерзи старшим!

— А ты прекрати закомплексовывать меня своим возрастом! Я и так знаю, что убог и сир.

— Дурачок! Это я — старая идиотка!

— Сейчас дам в зубы! Как ровеснице.

— Чудовище, ты бьешь девочек?

— А как же? Без этого я давно умер бы от скуки. Бить девочек — это ж кайф!

— Слушай, Макс... А ты уже влюблялся?

— Десять тысяч раз. Последний — в Мадонну.

— Я серьезно...

— А если серьезно... Ну-ка, поди сюда! Давай, давай... — он властно взял ее голову в большие ладони и притянул к своему лицу. — Если серьезно, то я люблю тебя, Рита. Я схожу с ума, я не могу без тебя вот уже две недели, с того самого дня. Я люблю тебя...

— И я люблю тебя... — прошептала Рита. Он начал нежно ее целовать: лоб, глаза, щеки, губы, так осторожно, будто боялся спугнуть. Рита зажмурилась, у нее закружилась голова — так, как никогда раньше. Разве только лет шестнадцать назад, с Гошей было что-то подобное? Кажется...

— Ой! — вдруг вскрикнула она и с силой оттолкнула от себя Макса.

4-11636

— Что такое? Ты что? — испугался тот.

— Макс, на что это похоже? Стоим в подъезде, как будто мне в самом деле семнадцать лет! А мне, между прочим, домой пора, к сыну, маму отпускать, муж скоро придет...

— Я хочу познакомиться с твоим сыном.

— Сбрендил?

— Он похож на тебя?

— Очень... Познакомиться... Забудь об этом. Пока что...

— А... Мы так и будем бродить по улицам и кафешкам? Почему ты не хочешь прийти ко мне в выходные? До ноября мои предки все уикенды проводят на даче.

— Гений! Дома я что скажу?

— Наври про тетку.

— Глупее не придумать!

— Сама же говорила: твоя мама с ней не общается, муж сроду сам не позвонит...

— Тебе в голову не приходит, что тетя Сима сама может позвонить мне именно в тот момент, когда я якобы буду у нее. Трубку возьмет Гоша...

— Проклятие телефонизации, телефонам и тому, кто это изобрел!

— Есть другой вариант... — Рита задумчиво кусала губы.

— Ну?

— У меня же свободный график... С утра пораньше я отведу Ваню к маме, побыстренькому съезжу к тете Симе, всем скажу, что потом хочу пройтись по магазинам. А сама вернусь домой.

— И я приду к тебе...

— Гошка с работы приезжает не раньше восьми...

— У нас будет куча времени...

— Я, наверное, дура, но... Тебе было бы интересно почитать мои статьи? Мне почему-то хочется...

— Я прочту все твои статьи, я послушаю все твои записанные на кассеты передачи! Я посмотрю все твои фотографии, начиная с детства. Я узнаю о тебе все!

— И может быть, сразу разлюбишь... — немножко лицемерно вздохнула Рита.

— Этих слов я не слышал. Даже не надейся! Все, попалась птичка в мои лапы, навсегда попалась!

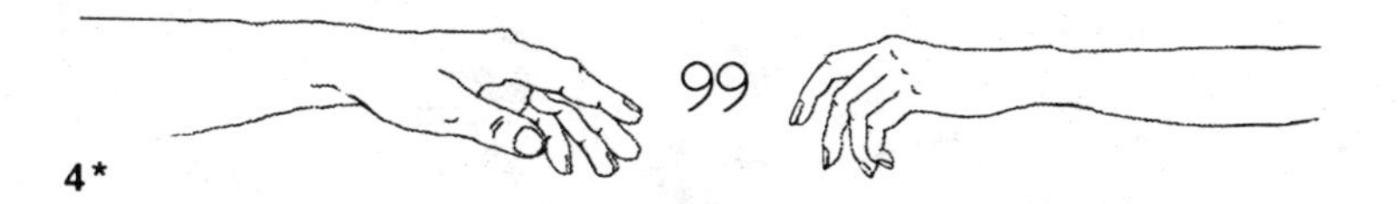

— Никогда не говори «навсегда»!

— А ты никогда не говори «никогда».

— В какой день ты можешь прийти?

— Да я слиняю с занятий когда угодно.

— Тогда — четверг. Ведь это наш день, помнишь?

— Конечно.

— Счастливый день... Кто бы мог подумать — ведь он рыбный, а я терпеть не могу рыбу!

— Вот еще одна новость о тебе! Что ж, рыбу мы исключим из нашей жизни навсегда.

— Опять «навсегда»?

— Я ж про рыбу...

— Слушай, мне правда пора!

— Последний раз! — Он привлек ее к себе и снова принялся целовать, только теперь жадно и страстно. И Ритка опять закружилась на карусели...

Юля, Рома и Ася ужинали, как обычно: вареной картошкой, сосисками и маринованными болгарскими огурцами из банки. За все эти годы их кухня практически не изменила своего вида. Только

другое бра на стене над столом, да раз шесть менялась скатерть... А так — те же польские шкафчики, потерявшие вид и форму: стенки и дверцы покоробились, белое потемнело, некогда бежевое выцвело. Из крана все время занудливо подкапывало. «Надо бы поменять прокладку», — отметил про себя Рома, ковыряя вилкой остывающую картошку.

На столе царил беспорядок: хлеб выглядывал из пакета (кому надо — отрезай), сосиски были поданы прямо в миске (кому надо — вынимай). Аська жевала без энтузиазма, Юлька же практически не ела. Она смотрела. Мимо мужа, мимо дочери, но и не скажешь, что в себя. Нет, она будто рассматривала что-то, что тяготило и мучило ее...

Роман исподволь поглядывал на жену. Верхняя пуговичка рубашки болталась на длинной нитке, грозя упасть прямо в тарелку. «Если упадет, — думал Рома, — Юлька запросто проглотит ее. Впрочем, нет — она вообще уже перестала есть. Кстати, белая пуговица на зеленую рубашку пришита черной ниткой. И плохо к тому же пришита! Эх, Юлька, и чем ты целый день занята?» Злость и раздражение закипали в Роме, но он никогда сам, первый не дал бы им выхода. Лучше промолчать.

В кухне нависло напряжение, и именно сегодня Ромке было особенно тяжело и непонятно: зачем это все, а главное, откуда взялось? Как он не заметил того момента, когда все поломалось, и жизнь превратилась в физиологическое существование ни для чего и ни для кого?

Юлька явно злилась. Наверное, на то, что он стал иногда задерживаться... Он готов был храбро встретить ее вопрос и честно сказать: да, я хожу к маме, и ты должна понять... Ничего она не должна и не поймет! Ясно, как Юлька воспримет такую новость... Хотя странно, что до сих пор она не интересовалась его поздними приходами, будто не замечала или игнорировала их. И сейчас молчит. Может, она «на него» молчит? Ну, что за жизнь — сплошной неуют, напряг и непонимание! Роман вздохнул. Юлька услышала и, отвлекшись от своих дум, метнула на него недобрый взгляд.

— Ма-а! Я хочу мяса. Я уже пять раз хочу мяса! — захныкала Аська.

— Ничего, перебьешься, — мрачно ответила мать.

— Юль, ты извини, конечно, но на самом деле Аське надо бы... А то все эти сосиски...

— Да? А кто это у нас на вырезку заработал?

— Почему обязательно вырезка?

— А что, костями ребенка кормить, как собаку? Лучше уж сосиски!

— Так что, у нас вообще на мясо денег не хватает?

— А у нас ни на что денег не хватает... И кстати, — Юлька будто вспомнила нечто важное, — где это ты пропадаешь в последнее время? Денег не прибавилось, значит, не на работе?

— Я... Я к маме захожу... — с Ромы мигом слетела вся его решимость и уверенность. Он почувствовал себя виноватым.

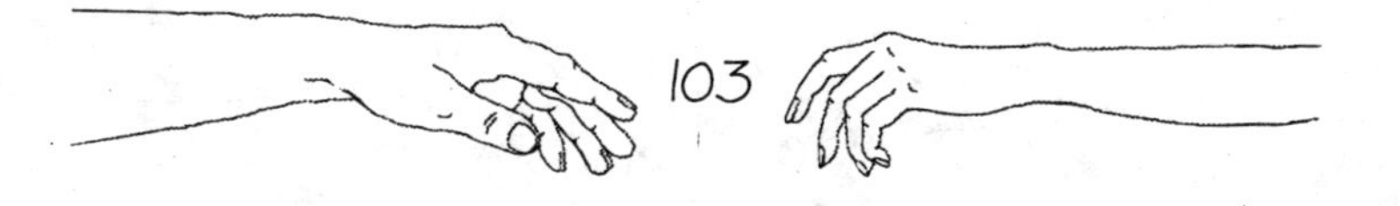

— О!..

— Ты пойми, пожалуйста: она совсем сдала. Ей так трудно!

— Зато мне легко... — прошептала Юлька. Казалось, сейчас она пустит слезу. Не такой реакции ждал Рома. Криков, упреков, выяснения отношений, но не слабости.

— Мам! Ты что, плачешь? — Аська протянула ручки к Юле. — Не плачь, все хорошо, я покушала, спасибо!

— Правда, Юль, что случилось-то?

Юля обняла дочку, поцеловала ее в лобик и повела в комнату играть. В кухню она вернулась уже настроенная по-боевому — ни слезинки в глазах, никакой слабости, готовая к нападению. Она оперлась обеими руками о стол, как оратор на трибуне, наклонилась к мужу и зашипела ему в лицо:

— Представляешь, эта шлюха Ритка Катаева, то есть Гаврилова, вцепилась, как клещ, в Макса. Они встречаются и шляются по подъездам и подворотням, обжимаются...

— Ты откуда знаешь?

— Знаю! Следила, ходила за Максом, все видела!

Давно Роман не был так ошеломлен, он ушам своим не верил!

— Ты сошла с ума?

— Я его сестра, а он, между прочим, еще несовершеннолетний! Ему восемнадцать только в декабре... И я должна...

— Да ты что, в самом деле! Макс — не пацан, чего ты боишься? Опасаешься за его добродетель?

— За все! И за душу, и за здоровье. Он ей что — игрушка, что ли? Или вибратор?

— О, Господи... Что ты несешь, Юля! Как ты можешь лезть, ты, особенно ты?! Никто в такие дела не должен вмешиваться, в результате только хуже, в любом случае хуже... — Ромкино лицо исказила гримаса досады и раздражения: кому он это говорит? Кому он вынужден объяснять, где право, где лево?

Юлька как-то странно посмотрела на мужа.

— Не хочешь ли ты сказать, что если бы тогда никто не лез... не вмешивался...

у нас все было бы иначе... К примеру, нам не обязательно было бы жениться...

Какая неожиданная для нее мысль! Хотя наверняка не спонтанная, выношенная.

— Возможно. Мы не чувствовали бы такой необходимости доказать себе и окружающим, что мы правы, а все остальные ошибаются.

— Да мы ничего не доказывали, мы же просто любили, — растерялась Юля.

— Без посторонней «помощи» и любовь могла закончиться вовремя. — Юльку передернуло от таких слов. — Оставь Макса в покое! Пусть все идет своим чередом. Со зрелой дамой он хоть гадость никакую не подцепит...

— Я думаю, как раз наоборот...

— Хватит! Лучше пуговицу пришей. И, ради Бога, зелеными нитками!

Алена сидела в машине и ждала Романа. Она припарковалась напротив его конторы, через улочку.

Алена не знала, когда Ромка освобождается, и на всякий случай приехала аж в три часа.

Моросил сентябрьский дождик. Она включила «дворники»... По стеклу катились грязные капли. «Пора мыть тачку, — подумала Алена. — Или это уже дожди в Москве такие? Как мы живы-то еще?..»

Прошел час. И чего, спрашивается, приперлась? Дурная голова...

Впрочем, чего лицемерить-то? Причина есть, и вполне серьезная...

Два дня назад они с Сашкой заезжали к Володе, отчиму Юльки, обсудить одно весьма любопытное коммерческое предложение. Они сидели в Володиной комнате (эх, классную хату купил он год назад: каждому домочадцу — по комнате плюс громадная гостиная и пятнадцатиметровая кухня), разговаривали, мужики курили. Алена вышла на кухню подышать — не выносила она дыма, сама так и не закурила — и там случайно услышала разговор, доносившийся из комнаты Макса. В этой роскошной квартире кухня находилась как бы в центре, и отсюда можно было наблюдать за жизнью всей семьи...

— Кто эта женщина, Мася? Я просто хочу знать.

— Ма, она прекрасная женщина, умная, добрая, красивая, чего тебе еще нужно?

— Юлька мне орала в трубку какие-то ужасы... Что у нее сын вроде твой ровесник?

Макс весело захохотал.

— Ой, сестра моя совсем свихнулась, чтоб она была здорова! Если мне шесть лет, то да — мы с ее сынишкой ровесники.

— Значит, ее сыну шесть... А ей?

— Ну, я же говорил тебе — они с Юлькой вместе учились, вот и считай.

Голос Людмилы Сергеевны слегка дрогнул:

— Сынуля, тогда ей действительно многовато. Тридцать два...

— И что?

— Она... у нее нет мужа?

— Чего ты спрашиваешь, ма? Юлька ж тебе все доложила. Увы, она пока что замужем за другим. Пока что!

— Не пугай меня! — вскрикнула Людмила Сергеевна.

— Это Юлька меня пугает! Ей что, совсем делать нечего?

— Она за тебя очень переживает.

— Она от безделья с ума сходит, и ты прекрасно это понимаешь. Может нормальная сестра так беситься из-за любви брата?

— Согласись, твоя любовь... не вполне нормальная...

— Всякая настоящая любовь не соответствует никаким нормам!

— Я тоже обеспокоена...

Макс вздохнул.

— Ма, ты извини меня, конечно, но ведь и ты постарше папы...

— Нет-нет, не надо! — вдруг так эмоционально вскрикнула Людмила Сергеевна, что Алене даже стало ее жалко: очевидно, что в свое время женщина сильно комплексовала по этому поводу. А с чего, спрашивается? — Алена прислонилась к блестящей кафельной стене, боясь шевельнуться.

— Почему «не надо»? — требовательно спросил Макс.

— Потому что все было иначе... И вообще, у нас вовсе не такая уж большая разница в возрасте.

— Что было иначе, не понимаю? И получается, что все дело в «разнице»? Хватит, мама! — голос Макса зазвучал жестко. — Я не хочу больше вести этот дурацкий разговор не по существу и не по делу.

— Ты ее знаешь всего ничего... — пролепетала Людмила Сергеевна.

— Вот и дайте нам время.

— Юлька орет...

— Пусть орет. Ты не обращай внимания. Из-за нее Ромке с Аськой туго приходится. Роман совсем лицо потерял, синий ходит... А ты живи спокойно, с мыслью, что твой сын счастлив, любит и любим.

— Вы таки добьете меня своими любовями, дети мои, — с горькой усмешкой сказала мама.

Алена на цыпочках вернулась к деловым мужчинам и деловым разговорам. Правда, толку от нее в тот день было чуть... Ибо в голове у нее свербели слова: «Ромке туго приходится, совсем лицо потерял...»

«Может, она его уже догрызла, допекла?» — с тревогой подумала Алена, погля-

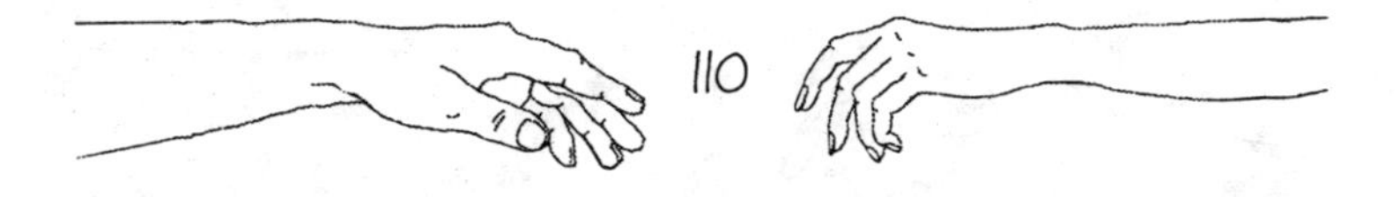

дывая на часы. И тут как раз Роман вышел, кутаясь зябко в ветровку и напяливая на голову нечто жуткое. Алена засигналила что есть мочи. Рома вздрогнул и задергал головой туда-сюда. На этой улочке машин было мало, и он быстро увидел знакомый «Опель», тем более что бывшая одноклассница энергично махала ему из окна.

Рома радостно улыбнулся ей и подбежал.

— Привет, Аленка! А ты что тут делаешь?

— Тебя жду, милый! Не мокни, давай в машину!

Он удивился, но покорно сел рядом с ней.

— И сними свой идиотский картуз! — Алена резко сорвала с Романа кепку и забросила на заднее сиденье.

— И... зачем ты меня ждала?

— Эх ты, джентльмен хренов! И это вместо слов «наконец, дорогая!»? — улыбнулась Алена, заводя машину.

До встречи с Ритой Макс был вполне доволен своей юной жизнью. Ему повезло

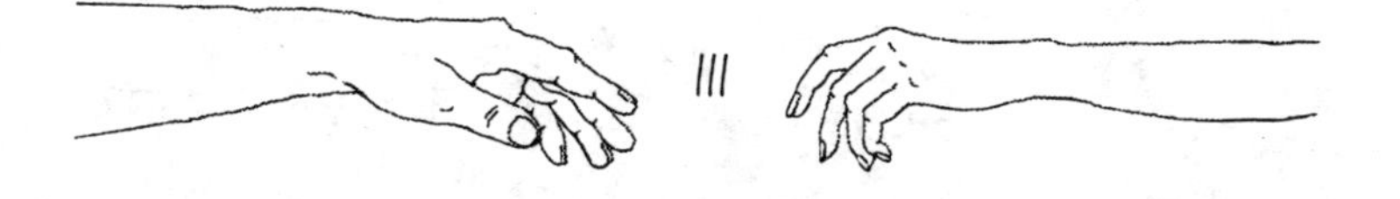

родиться в хорошей семье: папа — умный, оборотистый, деловой, и при этом — добрый и веселый человек. С ним всегда легко и просто. А по части «душевности» — мама. Более чуткая, нервная и даже рефлексирующая, она дала Максу ощущение хрупкости и в то же время необыкновенности жизни. Во всех ее проявлениях. Небо серое, хмурое? Но когда дождь, так хорошо думается и мечтается! Поссорился с другом? А как сладко будет примирение! Не можешь простить? Вспомни, как он помог тебе тогда, когда ты остался совсем один. У тебя замечательный друг! И ты — замечательный, раз нашел такого человека и подружился с ним!

И так во всем. Это не просто оптимизм, это, скорее, страстная любовь к жизни и всему живущему на земле.

Однако мама бывала жесткой и очень требовательной в плане, как она выражалась, «нравственного чувства». Только с высоты этого чувства и никакого другого — страха, обиды, не дай Бог, мести — оценивались поступки...

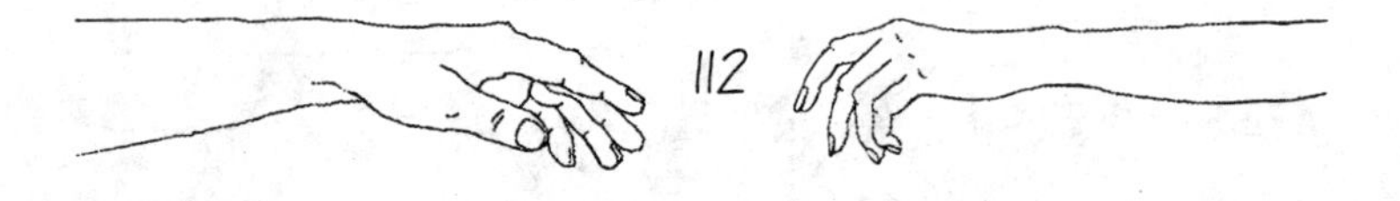

Сам себя Макс характеризовал так: не юноша, не выросший мальчик, а уже мужчина, серьезный и ответственный, проскочивший, к счастью, бездарную стадию умственного тинейджерства. Ему не улыбались «тусовки» и компашки, он самодостаточен. Много читал и в смысле книг был всеядный. Из музыки любил «Битлов» и «Машину времени» — все из Юлькиной юности. Тащился от картин Босха. Всерьез занимался техническими переводами и жил мечтой о карьере экономиста, прекрасно осознавая, что на научную работу сперва надо хорошенько заработать. Относился к этому философски и радовался сегодняшнему дню. Теперь Макс вдруг понял: он был как бы недоделан, незавершен. Навязчивая банальность о двух половинках яблока... И именно сейчас жизнь обрела полноценный вид, вес, вкус, что хотите! Появилась Рита. Одна. Навсегда. До сих пор все девочки Макса были девочками для танцев (что случалось крайне редко) и поцелуйчиков. О большем, конечно, мечталось, но неконкретно. Снилось иногда что-то там такое... без лица. Нынче же он хотел всего и весь горел от желания. В этом не было ничего удивительного. Но вот чувство щемящей нежности, трепетности, появившееся желание оберегать, защищать, помогать — такого он в себе прежде не замечал.

В назначенный четверг Макс шел к Рите, ощущая себя взрослым человеком, осознавая ответственность за любимую женщину, ее сына и все их будущее — не больше не меньше.

Роман и Алена сидели в милом, полутемном кафе. На их столике стояли соки, кофе, блюдца с орешками, бутербродами с осетриной, икрой, красивые пирожные... Рома с тоской глядел на все это.

— Алена, я же просил: не надо в заведения...

— Расслабься, Лавочкин! У тебя денег нет, я в курсе. Давай не будем об этом.

— Мне неприятно...

— Ой! — Алена поморщилась. — Я, конечно, не феминистка, но, ей-богу, Ром: я зарабатываю столько, что все эти твои

ужимки и прыжки просто смешны. Если хочешь выглядеть достойно — веди себя смирно. Плачу я, смирись с этим как-нибудь.

Ромка сжался, как побитый щенок. «Ну вот, еще добавила, бревно нечуткое! Мало ему...» — обругала себя Алена и ласково взяла его за руку. Он вздрогнул и удивленно посмотрел ей в глаза. Она улыбнулась.

— Ром! Я спросить тебя хочу... Только обещай, что ответишь честно!

— Это в обмен на халявную жрачку?

— Как тебе не стыдно!

— Извини, я не прав... Что ты хотела спросить?

— Скажи... Дома совсем плохо?

Ромка весь напрягся.

— Ты о чем?

— Об истории с Максимом. О Юльке. О тебе. О вас.

— Откуда ты...

— От верблюда! Я задала тебе вопрос.

— Ты что, следователь, и я обязан отвечать? Какое тебе до всего этого дело?

— Нет, ты скажи, скажи, я тебя умоляю! Юлька доедает тебя?

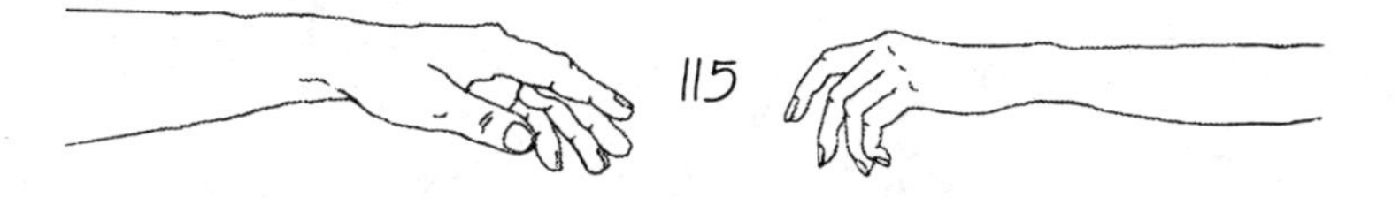

— Ой, Алена! — Он схватился за голову. — Я с тобой, что ли, буду обсуждать свою семейную жизнь?

— А с кем же? — Она приблизила к нему свое лицо и почти зашептала: — Я знаю, что ты совсем один. С мамой ни о чем таком не говоришь, а больше у тебя никого нет. Я все знаю...

— Обо мне газеты сообщают, что ли?

— Во-первых, я достаточно часто бываю у Юлиных родителей. А во-вторых... Дурак ты, Ромка, я же люблю тебя!

Макс сидел у Риты дома и уже второй час, сдвинув брови, внимательно слушал кассету с записью ее радиопередач. Перед этим он прочитал семь ее статей. Отложив последнюю, он строго велел: «Ставь кассету!»

Ритка ерзала в кресле вся красная, напряженная, до крови кусала губы. Никогда еще она так не волновалась в ожидании оценки своего труда. Ей хотелось нравиться Максу во всем, ей хотелось, чтобы он увидел, какая она умная и талантливая. Да что говорить — это было

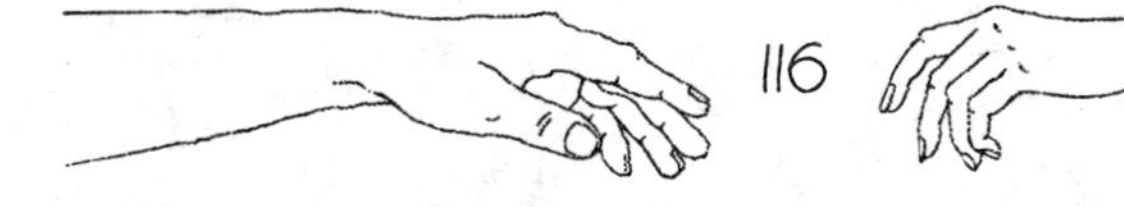

просто жизненно необходимо! Плевать, каковы статьи и передачи на самом деле! Важно, как он будет думать о ней...

Господи, когда же кончится эта пытка?

Пошла финальная музыкальная отбивка. Макс протянул руку и нажал кнопку «стоп». Наступила тишина.

— Не томи, Макс, скажи хоть слово!

Он с нежностью посмотрел на Риту:

— Ты очень талантливая девочка. Умница моя, лапочка. Только... Можно правду?

— Этого я и жду, — скрывая волнение, заулыбалась Рита.

— Ты здорово пишешь, здорово... звучишь. Но знаешь, почему твоя журналистская карьера так закончилась? Все, о чем ты писала или делала передачи, было тебе не интересно. Потому ты с такой легкостью бросала темы... Ты эмоциональная, но на минуту. Загорелась вмиг и так же быстро выбросила из головы то, о чем с таким волнением недавно говорила. Так ведь? Может, я сто раз не прав, но, насколько я понимаю журналистику, темой надо «заболеть». Ты же всегда оста-

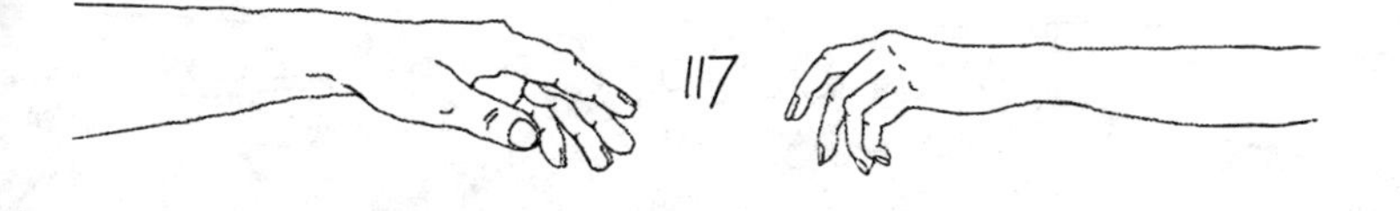

ешься абсолютно здорова. Вот твой феминизм...

— Не феминизм, — буркнула Рита, — а женская тема.

— Какая разница? — отмахнулся Макс.

— Большая! — упрямо твердила Рита. — Надоело каждый раз всем повторять!

— Ну ладно, хорошо... Не о том речь. Вроде застряла на этом, дело пошло, так нет: при первой трудности все бросила и сбежала кропать «слоганы».

— Не при первой, при сотой! — закричала Рита. — Я ж рассказывала тебе, меня съели, забодали...

— А ты не съедайся! — тоже повысил голос Макс. — Как легко тебя забодать! Сразу — ах, ах, меня обидели, ручки вверх и демонстративно уходит. А хуже-то кому? Им? Тебе же самой! Упорства в тебе ни на грамм! Вот твоя проблема... Плюс отсутствие собственного интереса к какой-нибудь тематике...

Ритка вдруг разревелась. Черт возьми, он так прав, этот мальчишка, этот пацан-второкурсник, сукин сын!

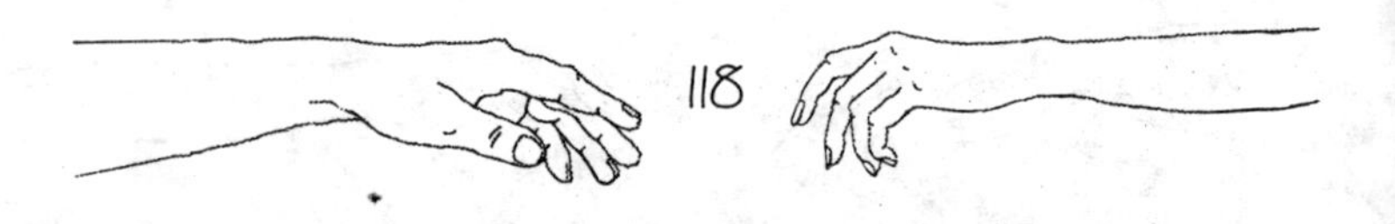

Макс бросился к ней, обнял:

— Риточка, прости, милая моя, не плачь, ну, я дурак, я ерунду порю, я ж ничего в этом не смыслю!

Ритка оттолкнула его:

— Заткнись, дитя. Ты прав. Только объясни, отчего ты такой умный. Откуда ты все знаешь?

Макс улыбнулся и развел руками:

— Элементарно, Ватсон! Я просто люблю тебя и вижу насквозь. Ты меня не обманешь, от меня не скроешься. И мы с тобой начнем все сначала, ладно?

— Поздно уже мне сначала...

— А вот этого чтоб я больше не слышал. Девчонка ты сопливая, нос утри! Ты у меня станешь борцом за свои права, ты у меня научишься быть энергичной. Ишь, пристроилась клерком! А талант, между прочим, это народное достояние!

— Странно, — задумчиво обронила Рита. — Как я дожила до своих почтенных лет без тебя?..

Смешно, но в этот день у них ничего не случилось. Поговорив, они долго сидели

обнявшись и молчали. Как самые близкие люди на земле. Труднее всего на свете было встать, разомкнуть руки и, глядя друг другу в глаза, сказать: «Пора!» Прощались они суетливо, не находя нужных слов и перебивая друг друга:

— Когда увидимся теперь?

— А ты еще сможешь прогуливать?

— Ты скажи, когда?

— Не раньше вторника...

— С ума сойти, как долго! Я буду тебе звонить...

— Каждый день, а то я с ума сойду!

— А... как ты с Гошей?

— Я думаю только о тебе.

— Он не замечает?

— По-моему, нет...

— Значит, он не любит тебя так, как я.

— Может, это даже хорошо...

Уже смеркалось. У окна, на фоне дождливого вечернего неба застыли, прижавшись друг к другу, два силуэта. Рита увидела себя и Макса как бы со стороны, и тут в ее голове зазвучала любимая мелодия из фильма «Мужчина и женщина». На сей раз эта музыка иг-

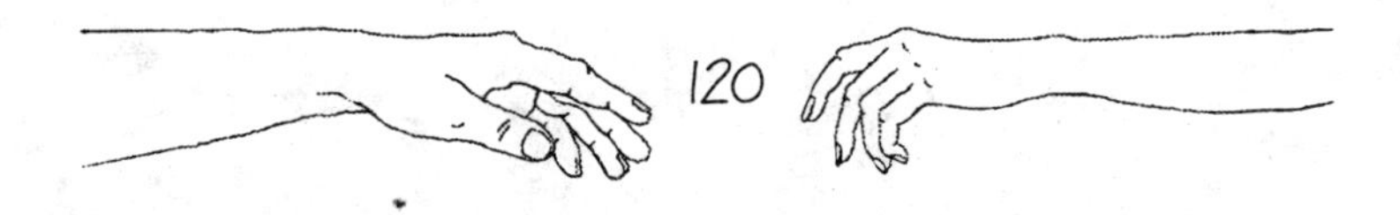

рала для них, а не для Трентиньяна и Анук Эме. Рита зажмурилась от счастья. «Как давно этого не было!» — подумала она.

Алена гнала машину так, будто они куда-то опаздывали. Роман молча сидел рядом. После ее признания он не произнес ни слова. Но в его глазах Алена прочла радостное удивление и надежду. На что? Ясно: на перемену в жизни! Пусть пока так, ничего! Потом он ее обязательно полюбит. Она все сделает для этого!

Сердце Алены пело и ликовало. «Вы спрашивали меня, Татьяна Николаевна, могу ли я все бросить ради него? Да, могу. Только зачем, если можно просто разделить с ним свою жизнь? Ничего не лишаясь, а исключительно обретая. И почему шалаш?.. Я имею право, я столько лет ждала! Оказывается — ждала... Да простит меня Сашка...»

Как удачна эта Сашкина командировка в Тверь, как все здорово складывается!

— Ведь мы поженимся? — выпалила Алена, нежно взглянув на Ромку.

— Да! — твердо ответил тот, наконец, нарушив затянувшееся молчание.

Юлька сидела в засаде — на заброшенной детской площадке напротив Ритиного подъезда. Она тихонечко покачивалась на качелях, стоящих боком к крыльцу. В случае опасности, когда открывалась подъездная дверь, она замирала, прячась за широкой частью конструкции. Шел довольно сильный и холодный дождь, Юлька уже давно промокла и замерзла... Сколько она тут торчит? С тех пор как она по-шпионски «довела» сюда брата, прошло несколько часов. «Я дождусь! — упрямо думала Юлька. — Не останется же он ночевать?»

Вчера, разговаривая с Максом по телефону, она просекла, что сегодня этот щенок опять будет встречаться с Риткой.

— У меня завтра встреча одна, извини, я не смогу к тебе забежать.

— Мне надо поговорить с тобой, Максик! Во сколько у тебя кончаются лекции?

— Знаю я твои разговоры, — проворчал брат. — А на лекции я не пойду.

— Почему?

— Говорю же — деловая встреча! С ланчем. Надолго.

Тут до Юльки и дошло. «Ха, встреча! Деловая, ой! С утра пораньше — это в постель к Ритке, пока мужа нет!..»

— Рома! Завтра ты заберешь Аську из сада.

— Почему я? А ты где будешь?

— Могут у меня раз в сто лет быть свои дела? — зло вскинулась Юлька. — Трудно тебе забрать дочь из сада?

— Ладно, хорошо, заберу, — Ромка предпочел не вникать, дабы не влипнуть в очередной тягучий, тяжелый разговор. В конце концов, это не так уж и невозможно. К шести тридцати он точно успеет, в любом случае...

В любом... Но не в случае появления Алены. Впрочем, этого Роман никак не мог предусмотреть.

Дверь подъезда распахнулась, и Юлька резко тормознула качели, упершись подошвами кроссовок в мокрую землю.

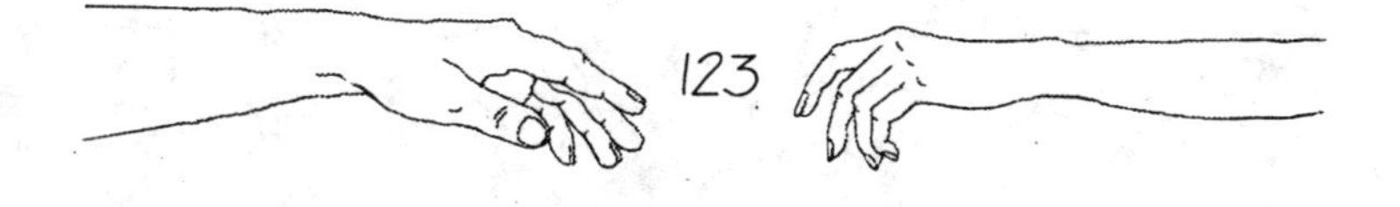

Макс! С досадой взглянув на дождливое небо, он поднял воротник своего кожана и был таков. Юлька проводила брата выразительным взглядом. «Спасибо тебе, Максик, за то, что придал смысл моей жизни, благодаря тебе я обрела цель. Ведь что может быть прекраснее, чем спасение родного, любимого человека от неминуемой беды?»

Юлька даже замурлыкала от сладкого ощущения собственной правоты и преданности, переполнивших все ее существо. И не стоило, право, рефлексировать по поводу ее последнего разговора с мамой...

— Ты офонарела, дочь? — кричала Людмила Сергеевна в трубку. — Что ты творишь? Я — мать, и то не смею так вторгаться...

— А я посмею, — твердо и спокойно отвечала Юля, ставя себе «пятерку» за выдержку. — Ты оправдываешь все это потому, наверное, что сама старше Володи.

— Как же тебе не совестно! И что я должна «оправдывать»? Любовь?

— Ой, не могу — любовь! — Юлька постаралась произнести это слово с наибольшим сарказмом. — Любовь или секс? Секс или порнуха?

— Прекрати. Я тебя просто не узнаю! Неужели ты забыла, что такое душевный вандализм?

— Я очень хорошо помню, вернее, знаю, что такое материнское равнодушие!

Людмила Сергеевна оторопела:

— Что? Мое равнодушие? Что ты хочешь сказать?

— Если бы тебе тогда, мамочка, было не все равно, если бы ты хоть попыталась остановить свихнувшуюся дочь, — ах, как давно ей хотелось это выложить матери, с каким смаком теперь произносились слова, — если бы ты сообразила, что тебе надо действовать вместе с Верой Георгиевной... Только не топором, как эта дура, а по-умному...

— Как — по-умному? — ошеломленная Людмила Сергеевна еще не понимала, в чем ее обвиняет дочка, только чувствовала какой-то неизъяснимый ужас.

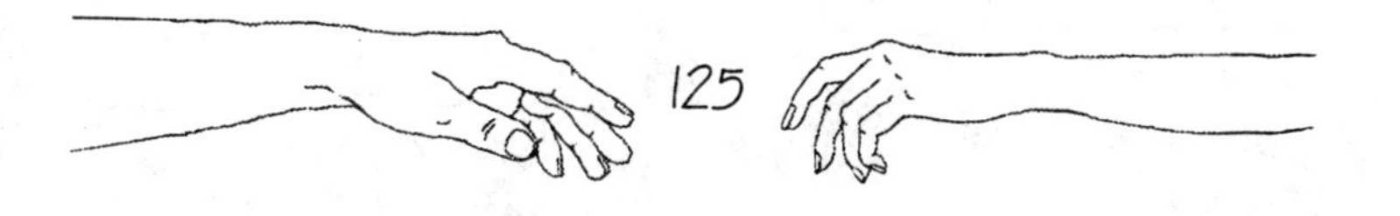

— А не знаю! Ну хотя бы не пускала меня в этот Ленинград. А ты такая была добрая, даже денег дала! На самом же деле тебе было просто плевать, ты жила со своим молодым мужем, прямо Элизабет Тэйлор в натуре. И точно так же тебе сейчас плевать на Макса. Да и его мадам ты хорошо понимаешь...

Людмила Сергеевна положила трубку. Ее руки тряслись, сердце сбивалось с ритма, на лбу проступили капли пота. Или Юлька сошла с ума, или ей все это показалось и не было никакого телефонного разговора с дочерью... Нет, не с дочерью — с каким-то чудовищем...

«Что и требовалось доказать!» — думала в этот момент Юлька. Конечно, матери нечего ответить на совершенно справедливые упреки. Пусть теперь хоть не мешает, если не хочет помочь! Юлька сама все уладит, слава Богу, она уже большая девочка. «Но я — не Вера. Я сначала попробую мирными средствами. Бомбардировки оставлю на крайний случай».

Ага! Минуты через три после Макса из подъезда выплыла Ритка. «Конспирато-

ры! — усмехнулась Юлька. — Куда это она? А, наверное, за ребенком. Не будешь же, действительно, трахаться при малыше, а то может папе стукнуть!..»

Юлька резко встала с качелей и аж зашаталась: она отсидела себе все на свете, и от резкого подъема у нее закружилась голова. Тоже уже не девочка. Хотя со стороны в этом своем неизменном джинсовом наряде по-прежнему смотрелась подростком.

Юля нагнала Риту на углу дома.

— Привет! — радостно гаркнула она. Рита вздрогнула и густо покраснела.

— Привет... А что ты тут делаешь? Ты ж вся замерзла...

— Да так, жизнь наблюдаю. Очень любопытный сюжет: переваливает бабе за тридцатник, с мужем уже не то и не так, а хочется и зудится...

— Ты о себе рассказываешь? — Рита была напряжена, как струна.

— Допустим... В том смысле, что я ее понимаю, эту бабу. Но вот ведь какой нюанс: я не кидаюсь на мальчиков, не пристаю к несовершеннолетним. А некото-

рые, — Юлькин голос зазвенел, — прямо-таки изнывают по молодому мясу.

— Что ты от меня хочешь? — Рита вдруг ужасно испугалась этой маленькой злобной женщины, которую когда-то жалела и даже любила по-дружески. Они стояли друг против друга, Юля смотрела на Риту снизу вверх, но было ощущение, что она большая и сильная, столько агрессии исходило от ее щуплого тела.

— Оставь Макса в покое, — понизив голос, приказала Юля. — За пять минут до вашей романтической встречи ты исповедовалась мне в своем бабском одиночестве. Сходи в секс-шоп, дорогая... Мой брат живет на этом свете не для удовлетворения твоего сексуального зуда, понятно?

Рите казалось, что ее хлещут кнутами со всех сторон, каждое Юлькино слово било наотмашь. Но разум, несмотря на стресс, еще не покинул ее.

— Ты-то что так циклишься на сексе? — Рита попыталась добавить насмешки в голос. — Может, это у тебя проблемы, может, ты завидуешь?

Юлька расхохоталась:

— Я не извращенка, мадам Гаврилова, и не завидую патологии.

— А если я тебе скажу, что на самом деле люблю твоего Макса, и так же, как и ты, желаю ему счастья? А что, если у нас ничего и не было до сих пор?

Юльку передернуло.

— Я ничего не хочу знать про это, — сквозь зубы проговорила она. — И я не дискутирую с тобой, а просто тебя предупреждаю: держись от Макса подальше.

— Столько лет, Ромочка, столько лет... — горячо шептала Алена, обнимая Ромку, целуя его напряженные губы, стараясь ласками расслабить его окаменевшее тело. «Странно, честное слово, будто боится!» — изумленно думала она. — Что ты такой холодный, ну-ка, посмотри на меня, — Алена откинула одеяло, демонстрируя свои действительно роскошные формы. То была не пичужка-Юлька, то была... дива. Именно это слово пришло на ум Роману. Он провел рукой по ее бедру.

5-11636

— Ты такая красивая, Алена!

— Скажи честно, тебе есть, с кем сравнивать? Ну, не считая Юльки, конечно...

— Нет! — Рома вдруг резко сел на шикарной арабской кровати. — Я, наверное, ничем тебя не порадую... Я лучше пойду... — Он попытался подняться, но не тут-то было.

— Он меня не порадует! — Алена крепко обхватила его руками и горячо прижала к себе. — Ты только будь рядом, просто будь со мной, я сама тебя порадую. Ты теперь мой... Эй, ты мой? — она повалила Ромку и взобралась на него сверху. — О-о, я вижу, у тебя все в полном порядке, не прибедняйся, — дыхание ее стало прерывистым. — У нас все будет хорошо... все будет прекрасно...

Роман изо всех сил обнял Алену, зарылся лицом в ее волосы, жадно вдохнул ее запах — смесь из ароматов дорогих духов, дезодоранта и самой Алены. Последний был немного терпкий, опьяняющий, очень слабый, а хотелось, чтобы он стал сильнее, перекрыл всю эту парфюмерию... Роман страстно начал исследовать

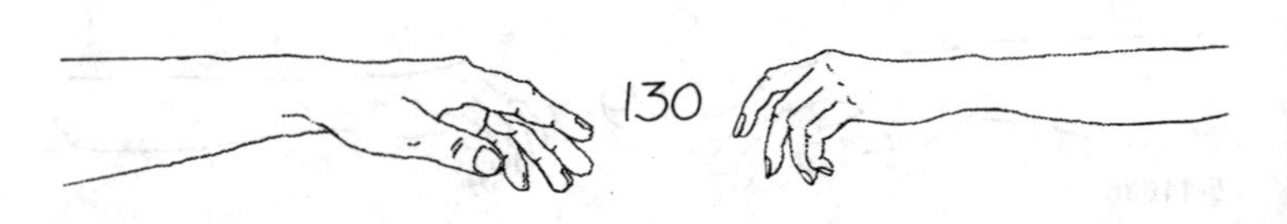

Аленино тело в поисках места, где этого запаха больше всего, он целовал ее, ласкал, глубоко вдыхал и пьянел все больше и больше...

Алена отнюдь не была легкой, но ни одна поврежденная Ромкина косточка не вспомнила о том, что произошло почти шестнадцать лет назад...

В это время Юля устало ковыряла ключом в замке... Что ж, начало положено, первый шаг, и мирный к тому же, она сделала. Остается надеяться, что этого будет достаточно. Хотя... Тоскливо, все-таки...

Дверь открылась, и тут же Юлька увидела в проклятом зеркале свое искаженное ужасом лицо: дома никого, а время — половина девятого. Где Аська, Ромка? Что-то случилось... Куда бежать? В садик, конечно!

На ватных ногах Юлька бросилась из квартиры...

Ромка уткнулся в Аленино плечо. Она ласково играла его волосами.

— Пора закончить это недоразумение длиною в шестнадцать лет, ты не считаешь?

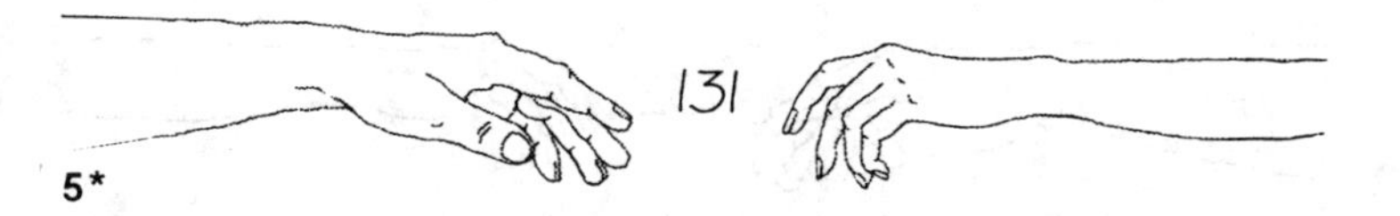

— А Юлька, а Аська? — тихо спросил Роман. В сущности, он знал теперь, что больше всего на свете хочет остаться с Аленой, что только с ней он сможет измениться, изменить свою жизнь... Собственно, она и есть главная перемена в жизни. Кроме того, Роман с ужасом представлял себе возвращение домой. От теплой, сладкой Алены ему надо уйти в этот давно холодный, с чертовыми зелеными шторами, дом. Да разве в дом? Дом — это где тебе хорошо, где тебя любят, вот так, как Алена, уже столько лет!..

Потом, по прошествии времени, Роман, положив Алене голову на колени и водя пальцем по ее груди, скажет:

— Я — быстрый предатель.

И Алена сразу поймет, что он имел в виду:

— Вовсе нет! Ты давно был к этому готов, в конце концов, это было необходимо тебе, чтобы выжить. Ты ж медленно помирал в течение всех последних лет... Я-то знаю... — здесь вдруг Аленина мысль совершила вираж. — А вообще-то нынче все происходит быстро, ты заметил?

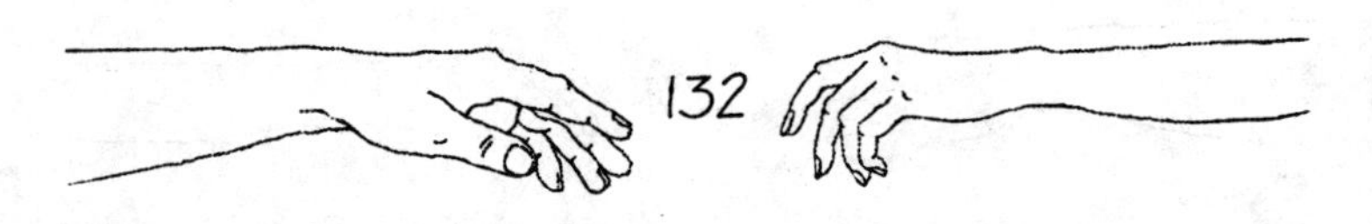

Жизнь чертовски ускорилась. И надо ускоряться вместе с ней. Кто не успел — тот опоздал, это уж точно. Замешкался на повороте, и привет — ты один на трассе, а все ушли далеко вперед. Все скоренько, даже любовь. Даже конец любви...

И он успокоится, слушая ее. Она права, как всегда, впрочем...

Но в тот день Роман думал прежде всего о том, что у Юльки нет ни работы, ни профессии, что делать она ничего не умеет...

— Сдается мне, Юлька давно уже выросла, — сердито сказала Алена. — А Аське ты, разумеется, будешь помогать.

— Юлька просто умрет с голоду. Я так не могу.

— Кажется, она была машинисткой? Тоже хлеб!

— Уже года три эта машинистка не печатает. И машинку мы продали...

Алена задумалась, не переставая играть с его волосами. Она испытывала к нему громадную нежность, желание оберегать, нежить и холить. Сколько лет его окружали глупые, бездарные бабы — Ве-

ра, Юля, добивали его медленно, но постоянно, причем и физически, и морально. Все, хватит! Больше она им его не отдаст! Она сделает Ромку счастливейшим из людей, пусть даже придется пойти на кое-какие жертвы.

— Ладно уж, — вздохнула Алена. — Прокормим мы и дочь твою, и жену... бывшую...

Роман приподнял голову и сердито взглянул на Алену.

— Я не хочу больше получать триста пятьдесят тысяч, я хочу работать за настоящие деньги, хоть «Сникерсами» торговать, мне все равно! Я сам прокормлю Юльку с Аськой, и еще тебя на Канары свожу!

Алена обеими руками притянула к себе голову Романа и потерлась носом о его нос:

— На Канарах я была два раза. А все остальное устроим. Будешь, как Крез. Но только рядом со мной.

И они стали целоваться, распаляясь вновь... Роман чувствовал, что от свалившегося на него счастья начинает сходить

с ума. Жизнь сделала умопомрачительный зигзаг, но они с Аленой, конечно, не сволочи, и Юльке с Аськой...

Вдруг он подскочил как ужаленный.

— Что случилось? — испугалась Алена.

— Аська! — в ужасе прошептал Роман. — Я должен был забрать ее из сада. В полседьмого...

Они посмотрели на часы — почти девять.

— Спокойно, Рома, спокойно, — Алена нежно провела рукой по его худой, узкой спине. — Что с ней случится-то? Она ж в саду, не в концлагере. Кто-нибудь из воспитателей сейчас сидит с ней, вас матом кроет... Или Юльку уже отыскали...

— Но Юлька...

— Тебя убьет? Так это в последний раз, Ром, мы же с тобой решили. Я поскорее улажу все с Сашкой, решим с квартирой... А ты одевайся, одевайся... Максимум месяца через два ты переедешь в мой дом. То есть в наш дом...

От уверенного голоса Алены, от ее замечательных, волшебных слов Роман совершенно успокоился, вновь ощутил себя

защищенным и счастливым. Он натягивал носки, брюки, застегивал рубашку неторопливо, ведь действительно, что может случиться с Аськой?..

Детский садик был уже закрыт, и Юлька совершенно напрасно молотила кулаком в зеленую деревянную дверь. Почти совсем стемнело, дождь зарядил всерьез. Господи, у нее сегодня было такое нервное напряжение, а тут... Ну, если это штучки Романа! Опять небось к матери поперся, ему в последнее время это в кайф. И напрочь забыл про Аську. «Убью его, — подумала Юлька. — И его, и Веру, достали они меня, за всю мою жизнь достали!» И, хлюпая далеко уже не белыми кроссовками по жидкой грязи, Юлька помчалась к ближайшему телефонному автомату. Удача улыбнулась ей: он работал, и в многочисленных карманах куртки наскреблось аж три жетона.

— Алло! Это Юля, — сказала она, когда Вера Георгиевна сняла трубку, и не попросила, а приказала: — Если Рома у вас, позовите его к телефону!

— Юля? У меня нет Ромы, с чего ты взяла? — И тут до нее дошло. — Он что, пропал? Давно его нет?

— Он должен был забрать нашу дочь из сада в половине седьмого, — сквозь зубы ответила Юля. Черт, зря звонила, нарушила самое святое правило — не общаться с этой гадиной никогда!

На том конце провода Вера Георгиевна схватилась за сердце: зная обязательность сына, она могла предположить только самое худшее. И разве не худшее случалось в ее жизни все последние шестнадцать лет? А Ромасик стал такой заботливый, заходил часто, они так вновь сблизились с сыном! И именно теперь...

— Когда что выяснится, позвони мне, Юля, милая, девочка, я тебя умоляю! — Вера почти плакала. — Я все время буду у телефона!

— Ладно... — пробормотала Юлька. У нее и самой все сильнее холодело внутри. Вдруг Ромка забрал Аську, и они вместе попали под машину? Она с силой нажала на рычаг и дрожащим пальцем на-

брала номер мамы. Ей нужна помощь, она сама плохо соображает, что сейчас делать. Куда идти? В милицию?

— Ну, и где тебя носит, дорогая дочь? Совсем осатанела со своими навязчивыми идеями? — Мамин голос был злой и спокойный.

— Ма, я своих потеряла... — пролепетала Юлька.

— Аська здесь, у меня! — мама вдруг сорвалась на крик. — Воспитательница всех на уши подняла: ни тебя, ни мужа твоего нигде нет! Хорошо, у нее нашелся наш телефон! Хорошо, я была дома! Где тебя, черт побери, носит?

— По делам, — Юлька поняла: случилось что-то только с Ромкой. Он даже не появился нигде и никому не звонил.

— Знаю я твои дела! — кричала мама. — Уже о дочери забыла, совсем дошла до маразма!

— Должен был Ромка...

— И совесть потеряла, и мозги! — не слушала ее Людмила Сергеевна. — Аська там, в саду, от слез опухла, орала как резаная: «Я никому не нужна, никто меня

не любит, меня бросили!» Я ее валерьянкой отпаивала... Ты слышишь, мать?

— А сейчас она как? — безучастно спросила Юля, ведь все эти детские истерики и крики — полная ерунда. Не стоят внимания!

— Нормально, мультики смотрит, — что и требовалось доказать. — Но ты дрянь!

— Я твою работу делала, — с нажимом произнесла Юля. Она должна была это сказать!

— Что-о?! В общем, немедленно приезжай за ребенком. А домой вас Володя отвезет. Все!

Мама повесила трубку. Юлька еще несколько минут постояла в будке. Якобы пряталась от дождя, который уже превратился в ливень. На самом же деле она пыталась представить себя в новой роли — в роли вдовы. Другие варианты както не приходили ей в голову...

На просторной, полностью механизированной, блестящей маминой кухне Юлька немного отогрелась и успокоилась. Теперь заволновалась мама.

— Ну, куда же он на самом деле запропастился! — Она ходила из угла в угол, кусала губы и хрустела пальцами. Людмила Сергеевна по-прежнему была красива, ухожена и выглядела много моложе своих лет. Ее фигуре могли позавидовать многие молодые женщины, и только она знала, какой изнурительной гимнастикой, до слез, до пятнадцатого пота это достигалось. Учитывая уже не совсем здоровое сердце... А вот прическа, кожа — сплошное удовольствие! Уже семь лет один и тот же парикмахер и постоянная косметичка. Придешь к ним, рухнешь в кресло — и расслабляйся. Хотя и стоит это... Далеко не каждому доступно. Но Людмила Сергеевна скорее отказалась бы от нового платья, чем от этих процедур! Правда, пока что отказывать себе ни в чем не приходилось...

Конечно, сейчас она думала не о радостях жизни, а о зяте. Роман — человек, который никогда никуда не пропадал, в жизни не было случая, чтоб он задержался на десять минут, предварительно не позвонив. Редкий мальчик. То ли Юльку всегда берег, то ли Вера его так выдрессировала. Но факт остается фактом: с ним явно что-то произошло. И дальше мозг Людмилы Сергеевны начинал генерировать картины из будущего: Юлька остается одна с ребенком, без профессии, без перспектив на новое замужество (она покосилась на дочь — абсолютно без перспектив!), следовательно, они с Володей будут содержать ее и Аську. Ну и что? Можно подумать, они хоть один день прожили полностью самостоятельно: всегда Володя Юле подкидывал то шмотки, то деньги...

Господи, как она может сейчас о таком думать!

От стыда за свои мысли Людмила Сергеевна схватилась за голову и застонала.

— Да вы что, в самом деле? — Володя зашел на кухню в крайнем раздражении. — Всего лишь десятый час! Это разве время для мужика? Могут быть у человека дела?

— Нет, — твердо ответила Юля. — У Романа нет и быть не может никаких дел. Он не деловой.

— Значит, появились!

— С неба свалились, — мрачно усмехнулась Юля.

Хлопнула входная дверь. Появился Макс, как собака, отряхиваясь и что-то весело напевая.

— Ого! Какой сбор! А повод?

Юлька исподлобья посмотрела на брата:

— По моим прикидкам ты давно должен быть дома...

— Что? По каким прикидкам? — растерялся он.

— Боже, только не сейчас! — взмолилась Людмила Сергеевна.

— Да что случилось-то?

— Ничего особенного. Ромка пропал, — просто сообщила Юля.

— Татьяна Николаевна! — голос Алены звенел радостно и совсем по-девчачьи. — У меня такое счастье! Вы меня слышите?

— Слышу, слышу! — Таня улыбнулась Алениным словам. — Какое же у тебя счастье?

— Я не хочу по телефону, Татьяна Николаевна! Можно, заеду к вам завтра? И все расскажу, все-все!

— Хорошо, конечно, Аленушка! В любом случае я за тебя очень рада. Завтра жду тебя... Во сколько?

— Я вам позвоню после пяти, ладно? Я умираю от счастья, Татьяна Николаевна!

Таня засмеялась:

— Слава Богу, от этого ты не умрешь. Но и не уснешь — на ночь все-таки прими димедрол...

— Спать? Я буду всю ночь петь, танцевать, читать стихи. Вслух!

— Соседи милицию вызовут, — засмеялась Таня.

— Милицию? Пока, Татьяна Николаевна, до завтра, я пошла печь пироги для милиционеров! И для соседей... — и она отключилась.

Что же такое произошло? Алена говорила с ней, как влюбившаяся девчонка, которую впервые поцеловали... Стоп! Конечно, тут не без любовной истории. Неужели опять Роман Лавочкин? Таня даже поежилась: это уж чересчур.

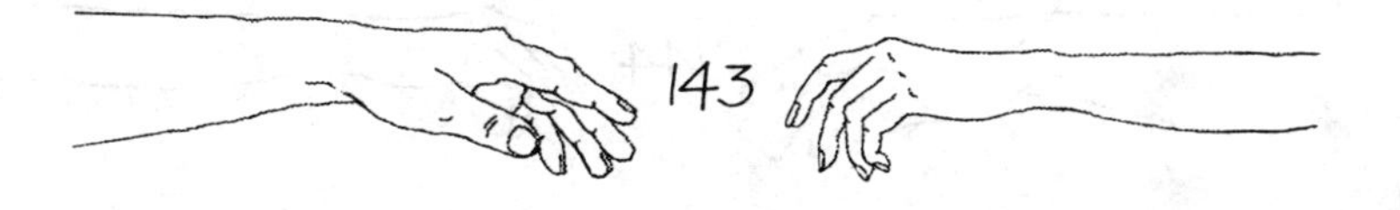

Мелодично затренькал телефон. Володя нервно схватил висящую на стене трубку.

— Да! — лицо его, сперва прояснившееся, быстро исказилось гневной гримасой. — Да, милый мальчик, они обе здесь... К твоему сведению, Юля и ее мать в предынфарктном состоянии! Где тебя носило?.. Ладно, не мямли, жене будешь объяснять... Ты из дома? Я их сейчас привезу. — Он шмякнул трубкой о стену.

— Тихо, Володя, сломаешь, — произнесла Людмила Сергеевна с нескрываемым облегчением. На ее щеки вернулся румянец, она распрямилась.

Юлька же никак не выказала своего отношения к появлению на этом свете супруга. Она встала, взъерошила свои короткие волосы и сказала:

— Спасибо, дядя Володя, пойду Аську собирать, — и удалилась с кухни.

Макс, стоявший ко всем спиной и смотревший в окно, обернулся к матери:

— Мама! Объясни мне: она что, следит за мной?

— Мася! — Людмила Сергеевна молитвенно сложила руки. — Давай не сейчас, не сегодня, у меня больше нет сил!

— Но это для меня важно! Ведь если она и Риту...

— Макс! — прикрикнул Володя. — Тебе же сказано: оставь мать в покое.

Людмила Сергеевна вдруг резко побледнела и схватилась за сердце.

— Люся! Что — плохо? — Володя бросился к жене. — Накапать валокордин?

— Ма, прости! — Макс шагнул к матери и виновато погладил ее по руке. Она улыбнулась.

— Все в порядке, не волнуйтесь, пожалуйста! Володя, оставь, ничего не надо! Только, сынок, пожалуйста, пожалей меня сегодня! Поговорим об этом... потом, ладно?

— Конечно, ма... Все будет хорошо!

Когда Володя привез Юльку с дочкой домой, Аська уже спала, и ему пришлось донести ее до квартиры на руках.

Ромка будто дежурил у порога: как только они вышли из лифта, он распахнул дверь и молча взял девочку из Володиных рук.

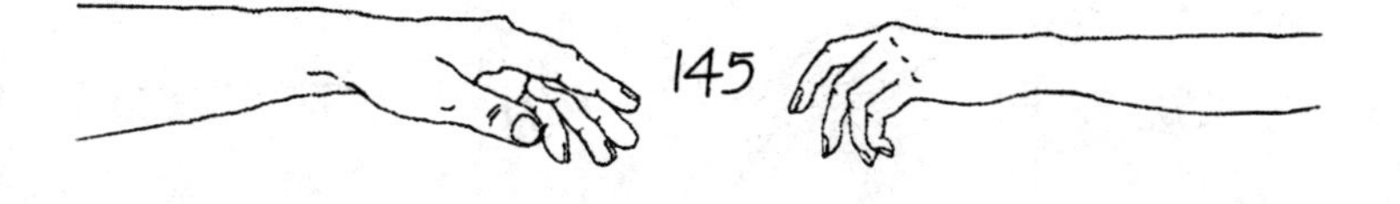

— Ну, все, пока, — сухо попрощался Володя и успел сесть в еще не уехавшую кабину.

Юлька и Роман с дочкой на руках вошли в свой дом, отразившись в зеркале, как идеальная семейка...

— Где ты был? — спросила она, когда они уложили Аську в ее кроватку за шкафом и вышли на кухню. Ромка с минуту щипал подбородок и молчал. Он не глядел на Юльку, но его жег ее недобрый, подозрительный взгляд. И это после теплых, любящих глаз Алены! Наконец он решился:

— Во-первых, прости за то, что так получилось по-дурацки... Я виноват... Это ужасно... Но есть еще во-вторых... Юль, так больше нельзя, ты же понимаешь... И тебе плохо... И Аське, я думаю... Вот... — Ромка глубоко вздохнул и, зажмурившись, выпалил: — Я ухожу, Юля. Я хочу попробовать все сначала. Ведь не получилось у нас ничего... Я надеюсь, тебе тоже удастся изменить свою жизнь... Может, встретишь кого...

Юля до сих пор не произнесла ни слова.

— Ты не думай, я тебя обеспечу! Миллион[1] в месяц буду давать!

— Сколько? — тихонько переспросила она.

— Миллион...

— Откуда?

— Я нашел... новую работу...

— Надо же, как все совпало, — Юля говорила едва слышно.

— Да, вот так бывает... Совпадение...

— Может, тебя купила богатая дама, а миллион мне — это отступные?

Ромка густо покраснел: со стороны все выглядело именно так, но ведь на самом деле была еще огромная любовь и страсть. Но об этом и говорить не стоит, ибо в Улькиных словах сквозила едкая ирония. Она шутила!

— Ты что, язык проглотил, муж? Вернее, богатый муж! Миллион в месяц — это ж надо! Как называется твоя работа? — с издевкой продолжала Юлька. И вдруг, не

---

[1] *Примечание: в описываемый период средняя зарплата в РФ составляла около 300 тыс. руб. в месяц.*

дожидаясь ответа, она схватила висящую на стене разделочную доску и изо всех сил запустила ею в окно. Раздался жуткий звон разбивающегося на мелкие кусочки стекла... Роман охнул, присел и закрыл руками уши. Стекло все звенело и звенело, ссыпаясь осколками на пол.

Часть 2

Зимние каникулы

Быстро отгорела осень. Снег прочно обосновался на земле уже в конце октября. Иногда, правда, оттепель сгоняла его с трона, и тогда на радость прохожим вылезал чернющий асфальт, по которому так здорово, удобно и нескользко ходить. Хотя все уже смирились с зимой и жили в ожидании Нового года. Праздника, конечно, а не смены календарных цифр...

«Зачем мне этот праздник? — думала Рита, глядя в окно на медленно падающие хлопья и вспоминая песню Сальваторе Адамо «Падает снег», такую щемящую, печальную и прекрасную — соответствующую погоде и настроению. — Я люблю этот год, он для меня был счастливым, а что будет в следующем, кто знает?»

— За что я люблю интеллигентные дома, — сказал Макс, входя к ней в комнату, — так это за то, что книги — везде. Даже в самых неожиданных местах, —

он протянул ей «Волшебника Изумрудного города». — В сортире, пардон, обнаружил.

Рита покраснела:

— Это Ванька. Заимел привычку ходить в туалет по большой надобности исключительно с художественной литературой. Да еще там громко вслух читает!

Макс засмеялся. Но быстро вдруг стал серьезным, даже грустным.

— Я знаю, как он выглядит. По фотографиям. Знаю его привычки, все смешные и страшные истории, которые с ним приключались. Я даже покупал для него фломастеры. Когда же я удостоюсь чести быть представленным ему лично? А, Рит?

Она упрямо замотала головой:

— Только когда все окончательно решится.

— Разве еще не окончательно?

— Максик, я-то все решила, но даже Гоша ничего еще не знает...

— Вот, кстати: сколько можно с этим тянуть? Когда ты ему скажешь? И вообще, я не понимаю, как ты с ним общаешься... И это... Ты с ним... — Макс от-

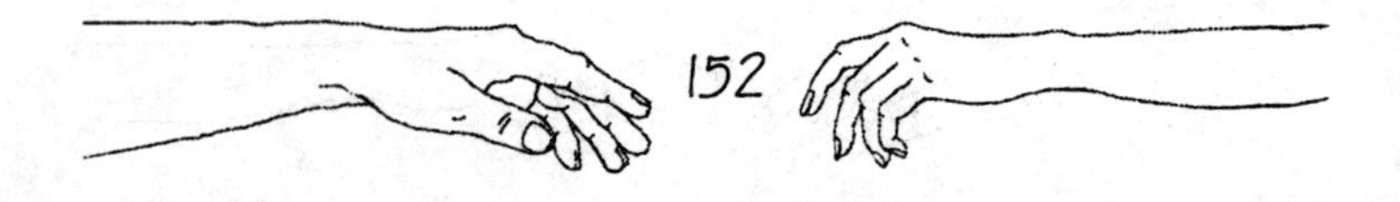

вернулся, чтобы скрыть смятение. Рита с нежностью смотрела на его кудрявый затылок.

— Мы спим в разных комнатах. Уже давно.

— И он не возражает? — В голосе Макса послышалось облегчение.

— Не знаю. Мы не обсуждали.

— Но как...

— Макс! Хватит. — Она положила руки ему на плечи, он повернулся. — Если мы сегодня потратим наше время на выяснение всех обстоятельств...

— Нет-нет, ни за что! — зашептал он и привлек Риту к себе. Она прижалась к нему всем телом, и зазвучала музыка, и закружилась карусель... А вот в первый раз...

«Первый раз» начался задолго до прихода Макса.

Накануне.

Было уже, наверное, полдвенадцатого вечера. Ваня спал, Гоша смотрел телевизор. Рита пошла в ванную, как бы принимать душ перед сном. Она включила воду и принялась изучать собственное тело.

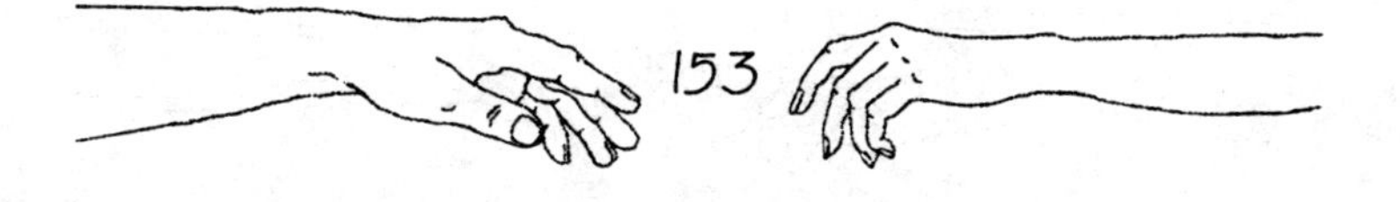

Не самое веселое занятие, прямо скажем, когда тебе уже почти тридцать три, а надо, просто необходимо выглядеть на восемнадцать.

Итак, что мы имеем? Дряблость везде, особенно на бедрах. Грудь — высокая, красивая, но по современным меркам недостаточно большая. По крайней мере, при таких бедрах могла бы быть побольше. Плечи покатые, шея — тонкая, длинная, хоть тут все в порядке, спасибо зарядке. Кстати, зарядку Ритка делает класса с девятого, всегда и везде, даже на даче или в доме отдыха. А толку? Хотя, с другой стороны, что было бы без нее? Это видно по некоторым ее подругам...

Так, дальше: ноги ровные, стройные, но вот внизу! Это Риткина беда и боль — откуда, почему вдруг повылазили эти старческие уродливые шишки?

— Мы с тобой русские бабы, что бы там ни говорила Сима. А какая русская баба без подагры? — «утешала» ее мама и тыкала пальцем в свои раздувшиеся косточки. — Ты на это посмотри, доча! У тебя разве шишки? У тебя розочки! Вот у ме-

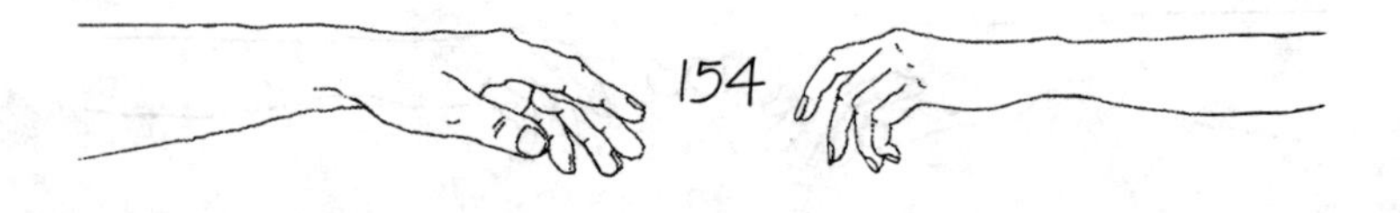

ня — да! Знаешь, как болят? Радуйся, что пока тебе это не известно!

— Радоваться? Тому, что у меня все впереди? Эта гадость будет расти и болеть, и к сорока годам я начну ходить, как ты, — в мужских кедах сорок первого размера!

— Ну, что тут сделаешь?

— Пусть мне лучше ноги отрежут!

Словом, хоть плачь. «Надену носочки!» — вдруг осенило Риту. Точно! У нее есть такие красивые, беленькие, кружевные, совсем новые. Фу-у, полегчало!

Рита выбрила все ненужные волосики, приняла душ и намазалась всеми кремами, которые имелись у нее в наличии: персиковым, «Пленитюдом», «Детским»... Ее кожа должна быть мягкой, как у младенца... Она втирала и втирала, ожесточенно, даже с каким-то отчаянием, потому что в голове стучало: «Тридцать три и восемнадцать, тридцать три и восемнадцать!» А должно ли ей быть неловко, стыдно оттого, что Макс столь юн? Да, ей неловко, но не поэтому. Она абсолютно неискушенная в

любовных делах женщина, ей страшно опозориться... Бог мой, сколько прочитано романов, сколько просмотрено фильмов со всякими сценами... Но что толку, если сама ты никаким искусством любви не владеешь, хоть и читала «Ветку персика», ничего не умеешь. Один плюс — уже не девушка...

Странно, но Макс был почти спокоен. Мысль о том, что он по неопытности может опростоволоситься, как-то не приходила в его счастливую башку. Он так любил Риту, так хотел ее, так чувствовал ее всю, до кончиков пальцев, что от него не укрылось ее волнение и даже испуг, когда они назначили этот день.

— Я так хочу тебя! — шептал он в каком-то очередном подъезде, где они прятались от осеннего снега и людей.

— Ах ты, мальчик мой! — Она ласково погладила его по щеке. А слова-то прозвучали наигранно! Испугалась! Конечно, он не показал ей, что понял все о ее неопытности и страхах. Он только подумал: «Что ж, мы на равных. Главное, чтоб она перестала бояться».

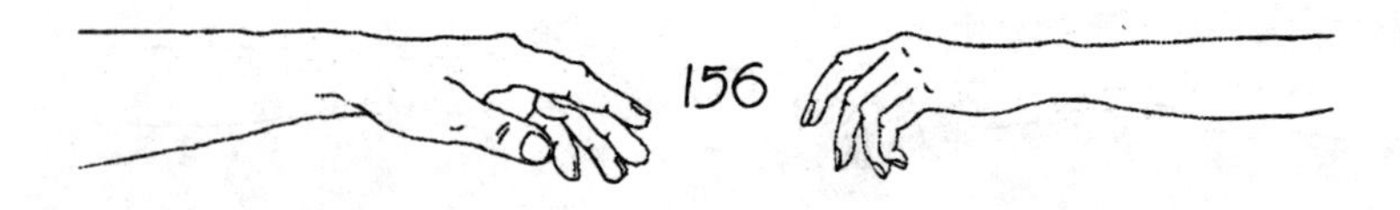

Насколько все-таки фальшива жизнь, вернее, правила, по которым она предлагает играть! Ты должен соответствовать какому-то образу, подходящему тебе с точки зрения окружающих. Вот Рита перед всеми играет роль преуспевающей журналистки, которой просто повезло с денежной работой и с солидной фирмой! В действительности у нее — жуткие переживания и тоска по «настоящей» работе, особенно на радио. Она ведь слушать радио спокойно не может, у нее тут же слезы на глазах. «Я им просто болею, не могу без этой отравы!» — призналась она однажды. А уходила от этой «отравы» как? С ухмылочкой, с презрением ко всем остающимся, мол, у меня идей вагон, и в сотне мест получше вашего меня ждут с распростертыми объятиями... Зато вышла за дверь — и ножки подкосились, слезы полились, сердечко заныло.

И перед Максом ведь выпендривается: я-де опытная женщина, мне так стыдно, что я мальчишку совращаю! А сама, как заяц, дрожит от страха!

А он? Как-то кончились у него занятия, вышел он с ребятами на крыльцо их «альма матер» покурить... И вдруг Макс увидел Риту. Она стояла неподалеку и, улыбаясь, смотрела на него. Он рванул к ней, что есть сил, сорвался с места, как гоночная машина на «Формуле-1».

— Ого! — гоготнули его одногруппники.

Макс прижал Риту к себе изо всех сил. Она пыталась оттолкнуть его.

— Ты что, спятил? На нас все смотрят!

— Черт с ними! Почему ты здесь?

— Просто очень хотела тебя увидеть. Я не права? — какие у нее глазищи, с ума можно сойти!

— Ты всегда права! — ласково ответил Макс.

На следующий день парни обступили его со всех сторон.

— Ну, Макс, колись!

— Это твоя тетя?

— Шутка, Макс, спокойно! Мы все поняли! Только сознайся: ей же никак не меньше двадцати... м-м... семи?

— Вот твой интерес, оказывается: не девочки, не мальчики, а дамы!

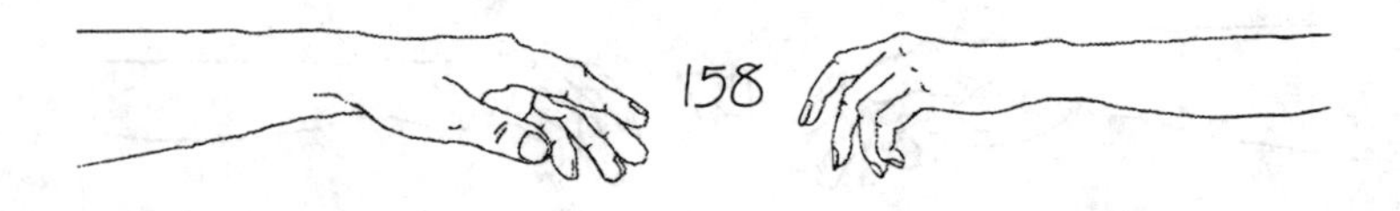

— А заливал-то, чувак: работаю, занимаюсь, времени нет!

— Макс, а как такие дамы в деле?

— По крайней мере, они в теле!

И гогот. Что им объяснять, козлам? Они давно смирились с тем, что Макс — не коллективистская особь, он существует в собственном мире и в своих увлечениях. Разумеется, люди задавались вопросом, чего такого интересного нарыл в этой жизни Макс, что ему по фигу девочки, дискотеки, компании? И была даже зависть, тщательно маскируемая под презрение. Теперь эта зависть даже усилилась: ничего себе, симпатичная, зрелая дама — одна из Максовых тайн! Однако как он кинулся к ней, как она смотрела на него! Быть может, тут нечто большее, чем просто накопление сексуального опыта?

Макс слушал смех одногруппников, догадывался о незаданных вопросах и, в конце концов, сказал:

— Ну, вы оторжались, наконец? Чего пристали — завидуете, так и скажите!

Это был тот ответ, которого ждали. «А ты как думал?», «А у нее подруги свободной

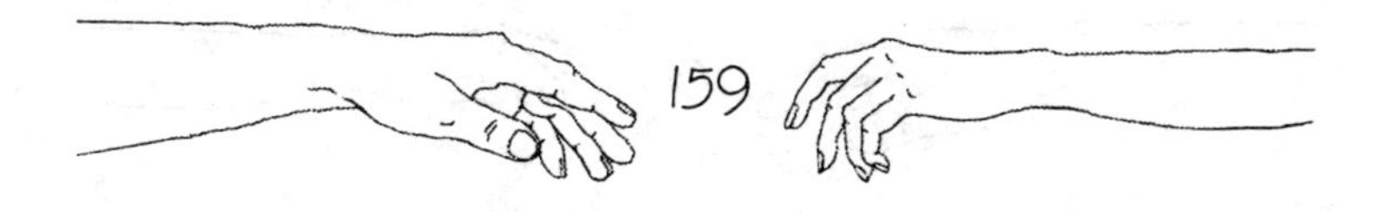

нет? В смысле — замужней...» и пошло-поехало. Вскоре началась лекция, и все само собой успокоилось.

Однако Максу стало не по себе. «Завидуете...» Вот к чему он, получается, свел их с Ритой любовь. Но разве он смог бы объяснить им все? Нет, надо соблюдать правила игры! Вот «завидуете» и с нужной интонацией — это всем понятно. И не выходит за рамки.

Кто знает, может, все эти ржущие ребята тоже играют свои роли и тяготятся ими не меньше его... Но Максу было безумно стыдно перед своей Любовью. «Прости, Рита!» — мысленно извинился он перед ней.

Когда пришел «назначенный» день, Рита с утра сделала все, как тогда: Ваню пораньше — к маме, сама к тете Симе («Господи, сделай так, чтобы она подольше не уезжала!»), потом якобы по делам и магазинчикам, а на самом деле — опрометью домой.

Когда Рита влетела в квартиру, часы показывали двенадцать тридцать. Оставалось еще полчаса.

Под душем она мылась самой душистой пеной, какую нашла накануне в га-

лантерее. Затем дезодорант, духи и, наконец, на свежее, благоухающее тело — новое белье за умопомрачительные деньги. И носочки. Снять предстояло с себя все, кроме них.

Надев легкое нарядное платье (спасибо, в квартире тепло, как ни странно, уже затопили), Рита пошла проверить, все ли нормально в комнате.

И тут замерла, сообразив, что не знает, как поступить: сейчас расстелить постель или потом, когда уже... ну, словом, перед этим самым? Но как ее стелить при нем, если сначала надо разложить диван, после, пыхтя, таскать из стенного шкафа подушки-одеяла... Очень романтично! С другой стороны, расстелить заранее — пошло и вульгарно! А нужна ли вообще постель? Может, когда все бывает вот так, то достаточно, пардон, кресла или неразложенного дивана? Ужасно, но Ритка никак не могла вспомнить, как это было у нее с Гошей...

— Черт! Черт, черт, черт! — в отчаянии крикнула Рита. Верная жена, чтоб тебя! Вот тебе твоя верность — позор один, ни крошки опыта, знания, понятия! Ведь эти

6-11636

нынешние, восемнадцатилетние, такие грамотные, раскованные, столько уже видели и читали! Каждая вторая — Ким Бесинджер, каждая третья — Шэрон Стоун! А те, кому за тридцать? Только-только дорвались до хорошего белья, до качественной косметики, до шампуней, не пачкающих волосы, до всего того, что делает женщину хоть немного женщиной, несмотря на шишки на ногах! Смешно вспомнить, но пять лет назад ее, Ритку, учила пользоваться тампонами четырнадцатилетняя младшая сестренка ее знакомой.

Как это писали в «Московском комсомольце»? Ванная с лепестками роз? Вот что нынче проповедует бывшая комсомольская газета! А Ритка что там вычитывала? Как кирзачами ноги не натереть на уборке колхозного картофеля или, в крайнем случае, как клеем советский лак закрепить на ногтях хотя бы на вечер — да и то это был прогресс, большой шаг вперед по сравнению, скажем, с молодостью родителей. В сущности, она, Ритка, куда ближе к матери по своим женским привычкам и навыкам, чем к ровесницам Макса. Да, она ухаживает за собой, многому уже научилась, но, черт побери, постель надо сейчас стелить или когда?

Макс застал Риту в слезах и в полном отчаянии. Он подумал, что что-то случилось, швырнул розы на пол и бросился к ней: «Что-нибудь с Ванькой? Рита, родная!» Она замотала головой и попыталась улыбнуться, хотела вытереть слезы, но он ей не дал: стал нежно слизывать соленые капельки с щек, и она тихонько засмеялась. Он взял ее на руки и понес...

Они долго, очень долго целовались, сидя на полу, а потом спокойно и неторопливо начали раздевать друг друга. Когда на Рите остались одни трусики и, разумеется, носочки, она вдруг ужасно застеснялась и попыталась прикрыться ладонями... Макс нежно отводил ее руки и целовал именно те места, которые только что от него прятали.

Тело его было стройным, гибким, ужасно горячим. В сравнении с Ритиной, кожа Макса казалась очень и очень смуглой. «Посмотри!» — шептал он, соединяя их ру-

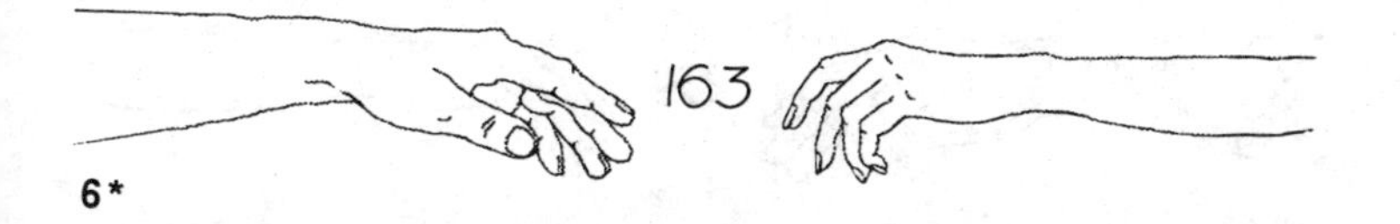

ки и вытягивая вверх: белая, сметанная с голубыми прожилками — Риты и сильная, мускулистая, светло-шоколадная — его... «Прямо Отелло и Дездемона, имей в виду...» Рита все время молчала. Ей не верилось, что все это происходит с ней — очень уж красиво. А из коридора еще вдруг сильно запахли брошенные на пол розы...

Когда все случилось, им обоим даже стало неловко — слишком хорошо, что ли? «Ничего подобного у меня никогда не было», — подумала Рита, уткнувшись Максу в плечо, стесняясь поднять глаза. «Разочарование после первого раза? Какая чушь. Лучше может быть только... еще множество таких раз!» — и он вновь начал ласкать ее, и она застонала, прижимаясь к нему...

— Одного я не понял, — улыбнулся Макс в тот день, уходя. — Почему ты так и не сняла носки? Они, конечно, красивые, но все-таки?

Рита легонько хлопнула пальцами по его губам.

— Потом как-нибудь скажу... может, это мой особый секс-секрет...

Когда за ним закрылась дверь, она буквально рухнула на стул, ибо у нее подкосились ноги. «Это все происходит не со мной, этого не может быть. Просто в природе не существует такого счастья». Она бросила взгляд на розы, уже поставленные в вазу на серванте. «Как я объясню эти цветы Гоше? Впрочем, какая разница? Что-нибудь придумаю. Например, что нашла на улице». И она рассмеялась, не в силах ни встать, ни что-либо сделать.

Людмила Сергеевна всегда любила первый снег, даже быстро тающий, еще робкий и незимний. Она вообще любила белый цвет. И почему говорят, что это цвет смерти? Вот еще вчера: улицы были черно-коричневые, мрачные и грязные... А сегодня все засверкало и повеселело. Как красиво блестят нерастаявшие снежинки на ресницах женщин, придавая им какую-то средневековую таинственность! С детства Людмила Сергеевна всегда пробовала первый снег на вкус — высовывала язык, и он сам падал к ней в рот. Когда была девочкой, это можно было

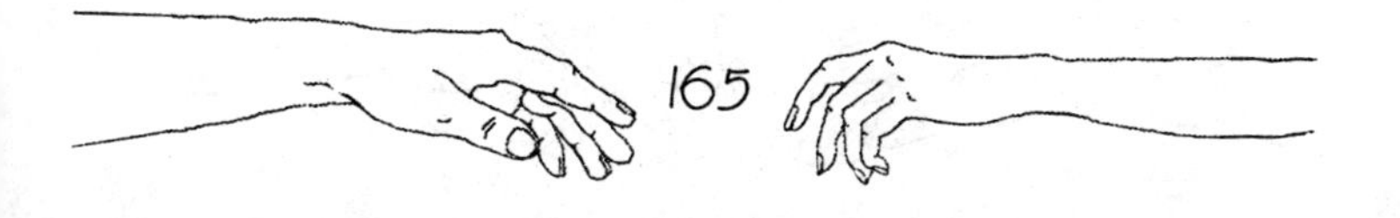

делать без стеснения и каждый раз надеяться, что снежинки все-таки окажутся сладкими. Ну, а теперь... Пожилая дама должна себя блюсти, по крайней мере не разевать рот на улице у всех на виду. И, несмотря на свои тяжкие думы, Людмила Сергеевна все искала удобного случая, чтобы попробовать снег с детской надеждой на чудо: вдруг сладкий? Уже близко метро, а она все никак не выберет момент. Хотя, ей-богу, даже странно: как она может быть озабочена чем-то, кроме Макса. У сына продолжается роман со взрослой дамой, к тому же Юлькиной знакомой, а Юлька зациклилась на этом до такой степени, что насмерть переругалась с братом. Ко всему прочему Роман собрал вещички и переехал к матери. Юлька сказала об этом по телефону таким будничным голосом, что Людмила Сергеевна поняла: за этим спокойствием — истерика. Таким же голосом она много лет назад сообщила из Ленинграда: «Ромка разбился, наверное, умрет».

Как и тогда, Людмила Сергеевна поехала к дочери сразу же. И нашла ее тупо

сидящей в кухне перед разбитым окном. Аська хныкала и капризничала, боясь высунуть нос из комнаты. Из окна жутко дуло — не май все-таки. Люся бросилась завешивать его одеялом. «Что произошло?» — «Всплеск эмоций брошенной жены», — ответила Юлька. «Хорош гусь! — думала Людмила Сергеевна, растягивая одеяло вдоль рамы и пытаясь за что-нибудь его зацепить. — Окно не мог заделать. Ушел, бросил жену и дочь в квартире без стекла. Дрянь! Они ж целую ночь мерзли!»

Людмила Сергеевна провела у Юльки весь день. Созвонилась с Володей, договорилась, что он пришлет людей вставить стекла, сварила обед, поиграла с Аськой. Казалось, Юлька была в норме.

— Доча, может, это просто ссора? — робко предположила Людмила Сергеевна. — Он вернется...

— А на кой черт? — удивилась Юля. — Пусть поживет с мамашей своей, ради Бога! А мне он миллион в месяц давать будет, представляешь? Проживу и без него пока что...

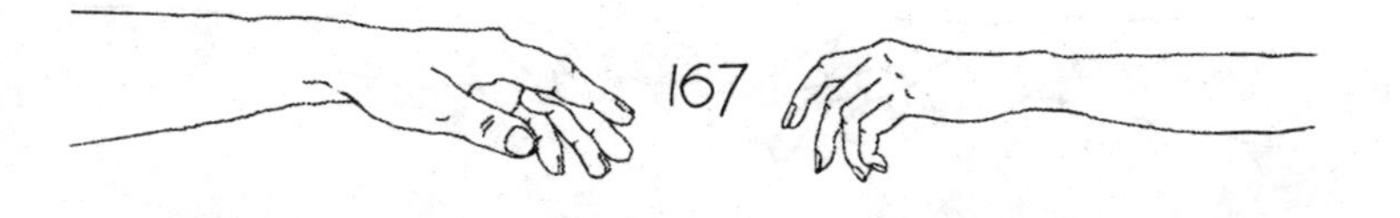

С того дня прошло уже больше месяца, Ромка не вернулся. Людмиле Сергеевне с ним не удалось поговорить, ведь звонить домой Вере Георгиевне — выше всяких сил и возможностей. Юлька ходила мрачная, злая, но вот отчего — Людмила Сергеевна до конца не понимала. Когда же осознала, что в большей степени из-за Макса, то всерьез встревожилась: полный ли порядок в голове у дочери? Ее муж бросил, а она… Боже, как они с Максом орали друг на друга!

— Ты, идиот, хоть бы деньги тогда с нее брал!

— Ма, скажи ей, чтоб заткнулась, а то я за себя не ручаюсь!

Володе тогда пришлось схватить Макса и утащить его на улицу проветриться. Людмила Сергеевна попыталась образумить дочь:

— Юлька, охолонись! Я бы подумала, что у тебя что-то нервное из-за Ромки, но ведь эта дурь началась несколько раньше…

— Боже мой, из-за Ромки! Да не было бы никакого Ромки и этих дурацких проблем, если бы ты в свое время не была такой…

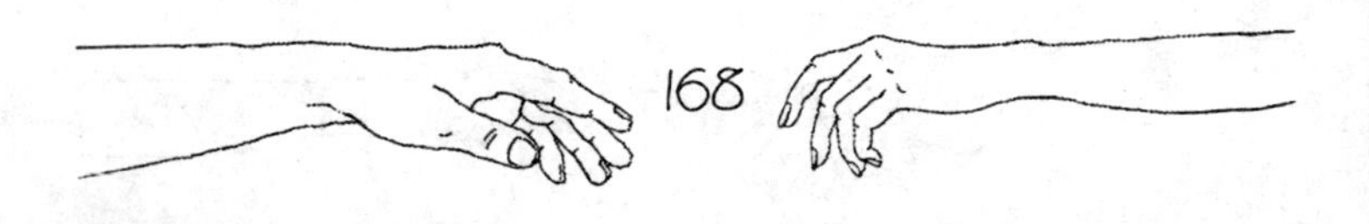

— Ты опять? Ты снова?

— А что изменилось? Тот же вопрос — тот же ответ!

— Так ты, стало быть, «спасаешь» Макса?

— Ах, какой сарказм! А тебе в голову не приходило, что Риткин супруг может Максу, скажем, голову проломить?

— Не надо меня пугать. Макс уже взрослый, он сам разберется.

— То есть, по-твоему, неизвестно еще, кто кому проломит? Браво!

Людмила Сергеевна безнадежно развела руками.

— Я, кажется, знаю, почему ушел Рома...

— Я рада за тебя!

— Тебя невозможно долго выносить!

Юлька резко встала и пошла к выходу.

— Юля! — Людмила Сергеевна кинулась за дочкой. — Послушай, милая, ты засиделась дома, у тебя в голове — закись, застой. Давай выведем тебя на работу, хоть куда-нибудь пристроим, найдем что-нибудь! — Она взяла Юльку за плечи и заговорила горячо, страстно, жалея дочь и злясь на нее одновременно. — Ну, заведи себе любовника, хочешь, купим тебе ка-

кие-нибудь шикарные шмотки! Выбрось ты из головы эту навязчивую идею...

— Мам! — Юлька заговорила спокойно и даже примирительно. — Раньше у меня в жизни было три главных человека — Ромка, Аська и Макс, причем Макс появился много раньше Аси. Ромка отпал. И не думай, не теперь, много раньше. Усох, как осенний лист, и улетел... Остались Аська и Макс. Я не хочу потерять брата.

— Почему — потерять?

— Не знаю... Но чувствую. Либо пропадет, либо его сделают несчастным... Я буду за него драться, я его очень люблю. И если б он был моим сыном... Я тебя не понимаю, мама...

Она ушла. Людмила Сергеевна осознала: стараться что-то объяснить Юльке на уровне логики — бессмысленно, она одержима и агрессивна, как маньяк. Что можно объяснить маньяку? Да и какой смысл пытаться образумить дочь, если ты, мама, не входишь в число главных людей ее жизни?

Татьяна Николаевна заметила Людмилу Сергеевну недалеко от станции метро.

Таня возвращалась от своего пятилетнего «клиента». Он был самым «дальним» — жил аж в четырех остановках метро от ее дома. Но его родители, хоть и из нынешних богатеев, на удивление, не были снобами или воинствующими невежами. Скорее, наоборот — юные интеллектуалы. Татьяне Николаевне редко нравилось обращаться с родителями своих подопечных, а эти молоденькие мама и папа составляли приятное исключение и вполне стоили дальней дороги.

Людмила Сергеевна, не торопясь, брела к нужной Тане станции. Таня отметила, как хорошо «упакована» Юлькина мама, как молодо выглядит. А вот машину водить не выучилась, хотя от Алены Таня знала, что в их семье два авто...

Откровенно говоря, ей не очень-то хотелось встречаться с Людмилой Сергеевной нос к носу. Ведь она, бывшая учительница, снова оказалась посвящена в чужие тайны. Больше, чем надо. Чем хотелось бы... В отличии от Юльки и от ее матери, она знает, почему и куда ушел Роман.

...Алена примчалась к ней, как договорились, рассказывать о своем счастье. Она сияла, словно школьница, услышавшая первое признание в любви, и хотя у Татьяны Николаевны от ее новости зашевелились на голове волосы, не улыбнуться и не поздравить такую ликующую Алену было просто невозможно. Однако тысячи вопросов вертелись на языке, а в душе творилось черт знает что! Ведь это все неправильно, неправедно! А, собственно, почему? Что она, Татьяна Николаевна, может знать? Да и какое, в конце концов, ее дело, они все давно не ученики, они взрослые люди — пусть устраивают свою жизнь, как хотят.

— Давай по этому поводу выпьем чаю, — предложила Татьяна Николаевна. — Лишь бы все были счастливы.

Но на всех счастья явно не хватило. Алена потом еще забегала несколько раз, делилась с Таней радостными вестями: как им с Ромкой хорошо, как Сашка все понял и принял с достоинством, как они сейчас разменивают квартиру...

— А Юлька? — осторожно спрашивала Таня.

И Алена небрежно бросала:

— А, эта... как обычно: дурью мается, всех изводит, брата скоро в могилу сведет... Да, знаете, — оживлялась Алена, — я ведь с Верой Георгиевной подружилась! Я к ним часто хожу, с бабкой помогаю. Я им обалденное лекарство достала и еще взрослые подгузники! Вера Георгиевна аж помолодела, посвежела. Меня «дочкой» зовет, — засмущалась Алена. — Я теперь ее совсем не осуждаю, она хорошая женщина, Татьяна Николаевна! Несчастная. А за ту историю так себя судит, уму непостижимо! Ведь все же понятно: сын все-таки, и она его безумно любит!..

Таня вполуха слушала эту болтовню, ее очень беспокоила Юлька. Эта девочка уже однажды ошпарена, а «могучим мышонком» ее не назовешь. Что там происходит? Как она выдерживает?

— Алена, кстати! — перебивала Таня. — А Юлька в курсе, куда ушел Ромка? Я что-то не поняла...

— Самое смешное, — заливалась Алена, — что из этой семейки никто ничего не знает.

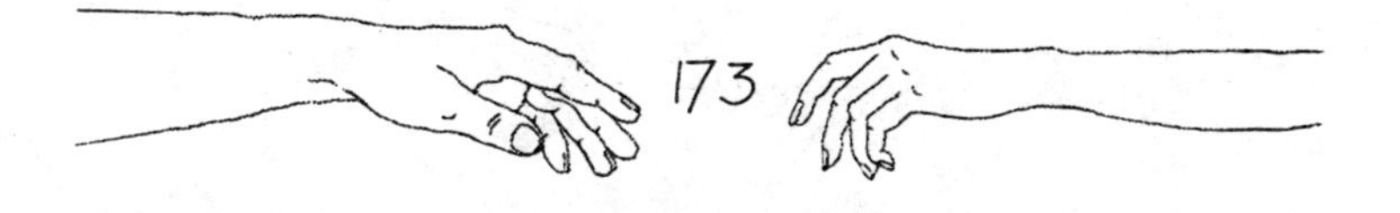

— Вы скрываете?

— Надо больно! Запросто бы сказали, если б кто спросил. Юлька молчит. Получает свои денежки...

— Какие денежки?

Алена немного замялась:

— Тут... такая история... Только вам скажу, Татьяна Николаевна. Ромка решил начать новую жизнь во всем. Попросил меня найти ему денежную работу, чтоб Юльку с Аськой прокормить... Вы ж знаете Юльку — ни черта делать не умеет и не желает. А Ромка не хочет висеть у меня на шее... Это он так говорит, а по мне так пусть висит, моя шея выдержит! — Она расхохоталась. — Ну вот! А говоря откровенно, найти для него место не так-то просто. В нашей фирме, к примеру, народу по минимуму, каждый при своем деле, все ушлые, умелые... Это ж коммерция, а не эти его... микросхемы... Короче: мне проще давать ему пятьсот баксов в месяц на его бывшую семейку и на карманные расходы, чем найти для него работу.

Таня оторопела. Это еще предстояло переварить. Вон оно какое, новое время!

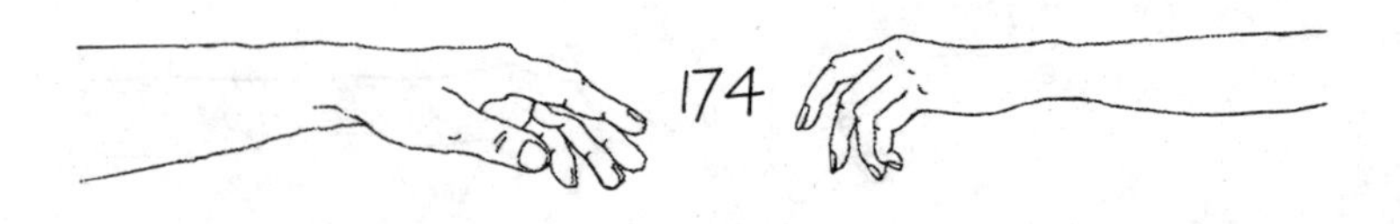

Хотя, если вдуматься, чего здесь такого? Если Алена способна заработать хоть на троих, хоть на четверых, и при этом все довольны... Но все ли?

— Так Юлька не знает, откуда деньги?

— Да нет же! Как она узнает, если не спрашивает, а Ромка сразу ей сказал, что нашел новую работу. Новая работа — это я! — и она прямо зашлась от смеха.

«Я наивная дура! — подумала Татьяна Николаевна. — Я была уверена, что Рома и Юля живут духовной жизнью душа в душу. С чего я это взяла? Идиотизм! Все так просто: Роман ушел к богатой и красивой. Потому что полюбил? Или потому, что богата и красива?..»

Алена, оказывается, внимательно следила за выражением Таниного лица.

— Ой, Татьяна Николаевна, я поняла: вы ругаете Ромку, думаете, что он в этой ситуации дерьмо! Вы ошибаетесь, поверьте мне, вы очень ошибаетесь! Когда все устаканится, мы с ним вместе придем к вам и обо всем поговорим, ага?

— Конечно... Хотя не буду скрывать: меня очень беспокоит Юля...

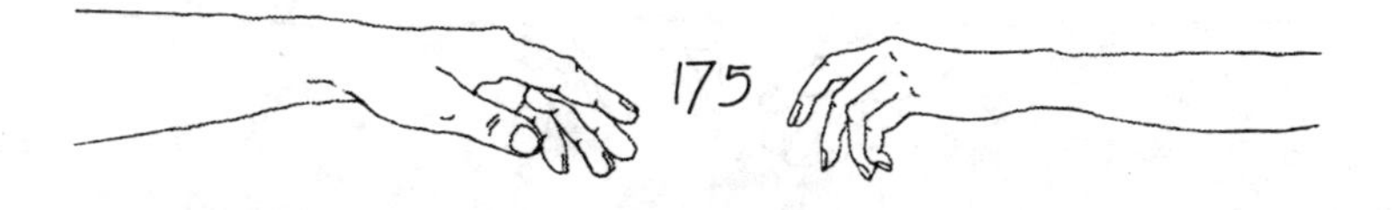

— За эти годы у малышки Юли выросли клыки, — задумчиво произнесла Алена. — И бояться надо не за нее, а ее саму. А может... может, вы за то, чтобы Ромка вернулся в стойло? — Алена спросила это с угрозой и в то же время испуганно.

— Я тебя умоляю, Алена! — Таня даже руками всплеснула, — Не сходи с ума! Будьте счастливы, если это всерьез!

— Всерьез, Татьяна Николаевна, всерьез. И надолго!

Все это было неправильно, нелепо и тяготило Татьяну Николаевну. Иногда хотелось сбросить с себя это «знание», позвонить Людмиле Сергеевне и рассказать ей обо всем. «И кем я тогда стану? Сплетницей, «доброжелательницей», обыкновенной стукачкой! Нет, пусть сами разбираются со своей жизнью. Не мое дело!»

Поэтому, увидев Людмилу Сергеевну, в первую секунду Таня хотела прошмыгнуть мимо... И тут же почувствовала, как зашевелился внутри большой червяк сомнения: а вдруг что-то не так с Юлькой, вдруг все плохо и эта встреча послана судьбой им обеим... Бежать от чужих проблем и чу-

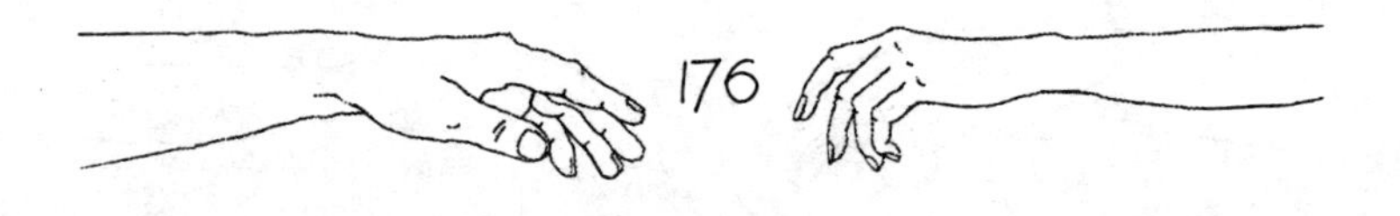

жого горя — это правильно и рационально, своих не хватает, что ли! Но в то же время это так неправильно и безнравственно, что начинаешь себя бояться...

Ругая себя на чем свет, Татьяна Николаевна решительно шагнула к Людмиле Сергеевне. И увидела широко распахнутые глаза и выражение ожидания на лице.

— Здравствуйте, Людмила Сергеевна!..

Люся и Таня делали уже, наверное, восьмой заход вокруг станции метро. Они бродили медленно, точно старинные, давно не видевшиеся подружки, у которых накопился миллион известий и новостей...

— Вот побеседовала я с Юлькой, с дочерью. А ощущение, будто битых два часа пыталась втолковать чужому, незнакомому мне человеку прописные истины, типа той, что «нельзя читать чужие письма». Юлька спятила, и я не знаю, что делать.

— То, что вы мне рассказали, — заговорила Таня, — особенно грустно потому, что это продолжение все той же, давней истории. Я думаю... Юля навсегда осталась ранена тем злом... И еще... — Таня тяжело

вздохнула. — Состояние нелюбви для женщины ужасно. А, как я понимаю, у Юли прошла ее необыкновенная, нечеловеческая любовь. Да и у Романа… И осталась пустота… Наш старый с ней разговор…

— Какой разговор?

— Вы даже не знаете… Разговор о том, что жизнь больше любви. Мы говорили об этом в десятом классе, вернее, говорила я, а она мне не верила… Но, увы, я оказалась права: любовь прошла, и у девочки в жизни ничего больше нет для опоры: ни профессии, ни друзей, даже с вами конфликт… Она отказалась от этого сама, добровольно, но ведь ей было всего шестнадцать лет. Как же так получилось, Людмила Сергеевна?

— Вы меня обвиняете, — подавленно произнесла Люся. — И она тоже. Наверное, вы обе правы. Я думала: если девочка растет в семье, где царит любовь, — этого вполне достаточно, она получает главное. И не надо больше никаких слов и объяснений… Знаете, я даже читала об этом в какой-то книжке по воспитанию: мол, глав-

ное, чтобы в доме была любовь. Так она была... И есть. И ничего, кроме любви, Юлька в детстве не могла впитать в свою душу. Но в реальной ее жизни все это отразилось, как в кривом зеркале: нет любви, значит, нет вообще ничего, вместо души пустое место, в котором поселяется монстр.

— Зачем вы так? — Таня даже испугалась. — Какой монстр, я не это имела в виду! Девочке плохо, она запуталась, потеряла почву... Вы ей поможете, она же ваша дочь...

— Моя дочь... Знаете, если бы сейчас были всякие парткомы и райкомы, то эта Рита и наш Максим имели бы уже кучу неприятностей. А раз этого нет, моя дочь ищет иные, но столь же эффективные способы воздействия на... преступную любовь.

Таня слушала и лихорадочно соображала, стоит ли сейчас говорить правду о Романе. Или Людмиле Сергеевне лучше знать все, чтобы что-то решить? Или... или...

Люся сама помогла ей найти ответ:

— Вот я подумала сейчас: засуну куда подальше свою гордость, прямо завтра

позвоню, нет пойду к Лавочкиной Вере, к Ромке. Если надо, бухнусь перед ним на колени, умолю его вернуться к Юльке, хоть немного помочь ей... Не может быть, чтоб все ушло! Если они поссорились, я их помирю! Пусть он только вернется, мы их отправим куда-нибудь на Кипр, в Турцию, они ж действительно закисли в своей жизни, пусть развеются, отдохнут. Как вы думаете, это правильно?

Таня поняла, что никуда ей теперь не деться:

— Нет, увы, неправильно.

— Почему? — удивилась Люся.

— Видит Бог, не хотелось мне сыпать соль... Боюсь, придется вам справляться самой, без Ромы. Дело в том, что он... Он женится на Алене Старцевой.

Пора уже сделать последний шаг. Головой все решено, сердцем — подавно, осталось только рвануть на себе рубаху — эх, однова живем!

Но Рита так не умела. И потому еще и еще раз мысленно проигрывала ситуацию и снова обдумывала будущее. В сво-

их чувствах она уверена, не девочка уже, умеет, в отличие от тинейджеров, отделять любовь от секса. Да, это любовь, причем та, что на всю оставшуюся жизнь! Но это все — чувства.

А внутри сидит разум с таким противненьким внутренним голосом и свое зудит: «Что ж ты творишь, женщина? Устоявшуюся, состоявшуюся, благополучную жизнь по живому рвешь?» — «Устоявшуюся? — мысленно кричит на него Рита. — Может, застоявшуюся? Болото, отстойник всех былых чувств и страстей! Ничего не осталось, только общая кухня!» — «А сын?» — «А что сын? Разве у него отнимают что-нибудь? Ребенку лучше, когда его родители счастливы. А я буду счастлива с Максом». — «Допустим. Но ему восемнадцать. Через десять лет он возьмет и разлюбит». — «Не хочу, не стану больше думать о завтрашнем дне! Всю жизнь жить мыслями о будущем надоело! Буду жить сегодня». — «Не думать о будущем? Ну, это ты, мать, не сможешь!» — «А вот и смогу!» — Рита сердито встала из своего любимого диванного уг-

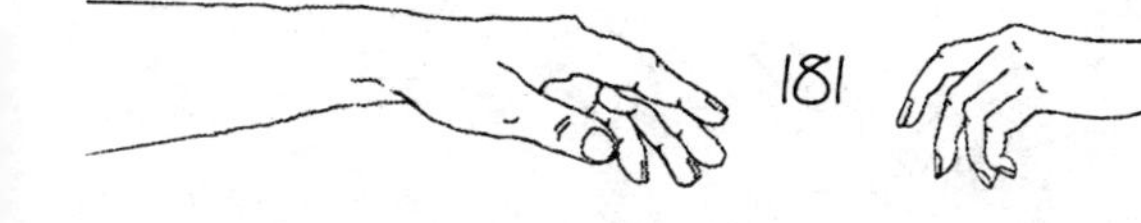

ла и включила магнитофон. Лайза Миннелли зазывала в кабаре. Рита начала подтанцовывать и бормотать в ритм: «Нет бу-ду-ще-го-и-не-хо-чу-знать-ни-че-го-о-нем!»

«Танцуй, танцуй, — заскрипел «голос». — О жилье ты, похоже, не беспокоишься». — «А чего беспокоиться, Гоша не сволочь, переедет к родителям, они же вдвоем в трехкомнатной». — «О, да, здесь сволочь — ты. Как все здорово решила!» — «Нет другого выхода». — «А материальная сторона?» — «Самый легкий вопрос! Макс хорошо зарабатывает переводами. Я тоже не нищая! С голоду не умрем. Гоша, конечно, на Ваню будет деньги давать...» — «Сволочь ты!» — «Но ведь нет другого выхода!» — Рита остановилась в отчаянии. Неужто и вправду сволочь? Нет, нет и нет! Макс совсем не такой, он ни за что не допустит, чтобы они бедствовали или жили за чужой счет. Он мужчина другой формации. Как приятно иметь с таким дело. «С мальчишкой новой формации!» — «Заткнись! Мои сверстники часто большие мальчишки, чем он».

Тут память вместе с «голосом» услужливо подсунули прочитанную когда-то то ли книгу, то ли статью о разных женских ролях в семье: дочь, подруга, мать... Жена-мать... «Это ты! Будешь ему маму заменять до пенсии!»

Вот уж неправда, так неправда! Макс — абсолютно взрослый и самостоятельный. А как он точно увидел и понял проблему ее несостоявшейся журналистской карьеры... «Ну хоть себе-то не ври! Сама все знала! Просто так надоело быть умной до чертей, так хотелось, чтобы некто сильный и мудрый все объяснил. Ты давно ждешь сильного и мудрого. Дождалась, ха-ха! Ты же притворилась тогда, даже перед собой. И теперь всегда должна казаться чуть глупее и наивнее, чем есть на самом деле!»

Господи, да кто ж льет этот яд в уши, в глаза, в мозги! Хватит уже! Рита подошла к зеркалу и погрозила отражению кулаком.

— Я люблю его! — строго сказала она молодой совсем девушке в длинной мужской рубашке вместо халата. — И я помню, сколько мне лет. Именно поэтому не

буду убивать свое счастье во имя доводов рассудка. Понятно? — Она посмотрела себе прямо в глаза. И тихонько засмеялась: в зеркале вместо серых глаз она увидела огромные, прекрасные, самые родные в мире глаза-вишни.

Снежок! Хорошо, что еще нет дикого мороза, а то было бы трудно ждать. Ждать Гошу, Риткиного мужа.

Юлька заняла свой наблюдательный пост на детских качелях напротив подъезда. Сегодня — день возобновления ее миссии. Все-таки уход Ромки ненадолго выбил ее из колеи. Как-то странно было, что никто не приходит вечером, что не надо ставить к ужину три прибора... Странно и непривычно. Даже пусто. Но не более того. Лишь Аськино «Где папа? Где папа?» маленько достало. Но Юлька, как взрослой, объяснила ей, что им всем надо друг от друга отдохнуть, что папа вернется... «Скоро?» — «Конечно, скоро!» — уверенно отвечала Юлька, нисколько в этом не сомневаясь. Он переехал к матери, это она его и сбила, вполне в ее стиле. Ничего, поживет там, за бабкой судна повыносит и вернется, как миленький. Мысль о «другой женщине» и не возникала — кому он нужен? У него сделалось совершенно дикое лицо тогда, когда она болтанула про богатую даму. Она, конечно, так не думала. Но как еще следовало реагировать на его бред о «новой жизни»? Именно так — довести до полного абсурда...

Вернется Ромка, куда денется? Ну, закисли они оба, она сама не чувствует, что ли? Вот разберется с братом и займется налаживанием собственной жизни. Спасибо Максу, придал ей некоторое ускорение своей дурью. Она словно вышла из спячки. Не было бы счастья... Даже хорошо, что они с Ромкой сейчас разлучились, а то с самого Ленинграда ни разу не расставались.

Заезжая дважды на пару минут, ее супруг с виноватым видом давал ей по двести долларов[2] — неплохая у него новая работа! А может, он сигаретами торгует! Впрочем, какая разница? Она вот дочке сапоги ку-

---

[2] *Примечание: около 800 тыс. руб. по тогдашнему курсу.*

пила и себе — туфли и юбку. В общем, все будет замечательно, даже прекрасно!

Юлька от этих мыслей развеселилась и начала раскачиваться на качелях, поддевая носком сапога свежий снежок... Эх ты, братец-кролик! На принцип пошел — всем назло не бросил свою мадам, мол, взрослый уже. И мадам тоже наплевала на Юлькины предупреждения. Придется нажать посильнее... Слежку Юлька возобновила несколько дней назад. Все подтвердилось, голубки продолжали встречаться. И еще ей довелось, наконец, увидеть Ритиного мужа. Нет, этот не проломит Максу голову, брат выше, шире в плечах и явно сильнее, так что можно спокойно сделать заход и с этой стороны. Судя по безмятежному виду Гоши (Юлька застукала семейку на прогулке), он ни о чем не ведает. Что ж, пора узнать истину, господин Гаврилов!.. А вот и он.

Гоша уже взялся за дверную ручку подъезда, как вдруг откуда-то выскочила маленького роста женщина в розовой стеганой длинной куртке с капюшоном и радостно ему улыбнулась:

— Добрый день, Гоша!

— Мы знакомы? — он удивленно поднял брови.

— Меня зовут Юля. Я сестра одного типа, который... м-м-м... посещает вашу супругу в ваше отсутствие! — и все с улыбкой.

— Что?!

— Расставим сразу все точки над «и»: мальчишка — мой брат, ему только-только стукнет восемнадцать, а у вашей жены проблемы, и вам надо бы решить их совместно. Без моего брата.

Гоша побледнел.

— Ты что несешь? — с угрозой спросил он.

— Спокойно! Я говорю только правду и ничего, кроме нее. Сейчас ты, Гоша, пойдешь к жене, глядя ей в глаза, задашь вопрос и все сам поймешь. А пока меня послушай: я тоже хочу, чтобы этого не было, и на тебя рассчитываю.

— Ты ненормальная? — сдавленно прошептал Гоша.

— Следи за женой, Гаврилов, вот и все! Мальчика не трогай, он жертва твоей похотливой супруги...

— Ты!..

— Тс-с-с! — на всякий случай Юлька отступила на несколько шагов назад. — Я вам желаю большого человеческого счастья. И надеюсь на тебя, Гоша! Да! Зовут мальчика Максимом. — И, сделав ручкой, Юля испарилась.

Сквозь медленно падающий снег Макс и Рита брели по Никитскому бульвару. Уже смеркалось, а фонари еще и не думали зажигаться, только фары машин полосато освещали дороги, деревья, дома.

— Рит, я же чувствую твое напряженное биополе, — нарочито весело заявил Макс. — От тебя разве что током не бьет! Уже пятнадцать минут, как мы встретились, а кроме «здравствуй», ты ни слова больше не сказала.

Рита ответила не сразу.

— Дома все очень плохо, — наконец медленно проговорила она. — Я не думала, что все будет так...

— А что случилось?

— Что?! — Рита вдруг гневно взглянула на Макса. — Твоя сестра подстерегла Го-

шу у подъезда и доложила ему, что я совратила ее малолетнего брата.

Макс оторопел.

— Юлька? Не может быть!

— А у тебя есть еще какая-то сестра? Главное, не может быть! — Рита фыркнула и пожала плечами. — Да она и со мной такой номер проделала. И даже угрожала!

— Но ты мне ничего...

— Я думала, обойдется, перебесится... А она обороты набирает.

— И... что дома? Ведь все равно надо было сказать...

— Все равно? — Рита остановилась и с изумлением уставилась на Макса. — Ты соображаешь, что говоришь? Все было бы не так, а по-человечески, теперь же это превратилось в грязь, в пошлость, в пакость! Гоша так брезгливо высказывал мне свое «фи» — ты это в состоянии понять? — Она уже почти кричала, всхлипывая.

— Ритка, прости! — Макс попытался обнять ее, но она его оттолкнула. — Ну я-то чем виноват?

— Ничем. Никто не виноват, я одна виновата. Может, Юлька права, и я действительно старая дура... и дрянь?

— Рита! — Макс все-таки преодолел ее сопротивление и с силой прижал к себе. — Это она ненормальная. Я с ней разберусь. Но знаешь, у нее есть одно смягчающее обстоятельство: Ромка ушел.

— Роман ее бросил? — Рита от удивления перестала плакать. — Вот это номер! Хотя ничего удивительного...

— Все будет хорошо, все будет хорошо, — твердил, как заклинание, Макс, целуя Риту в лоб, точно маленького ребенка. — Я угомоню Юльку, только не переживай!

— Он сказал... Гоша сказал... — у Риты вновь задрожали губы, она всхлипнула. — «Только не на нашей кровати... Где угодно, только не в этом доме...» Он так сказал... — и, уткнувшись в грудь Макса, она заревела в голос. Начали зажигаться фонари, и падающий снег в их свете стал волшебно-красивым, как в сказке про двенадцать месяцев.

Растерянные и испуганные, они стояли, прижавшись друг к другу, прямо под расцветающим фонарем.

Вход в кирпичный бастион был многобарьерным: сначала домофон, потом код и последний рубеж — вахтер. С вахтером была договоренность, и он провел, игриво улыбаясь Алене, ее с Романом до лифта, высказав пожелание «в дальнейшем видеться почаще».

Они поднялись на седьмой этаж в огромной, сверкающей чистотой и пахнущей парфюмом кабине. Лифт привез их на вылизанную до стерильности площадку этажа, на котором располагалось всего две квартиры. В одну из них, однокомнатную, и приехали Роман с Аленой. Осматривать.

— Такого не бывает! — Ромка выглядел совершенно ошеломленным. — Это разве однокомнатная квартира? — Помимо комнаты в двадцать пять квадратных метров квартирка имела еще двенадцатиметровый холл и так называемую темную комнату метров в восемь. И везде арки, арки...

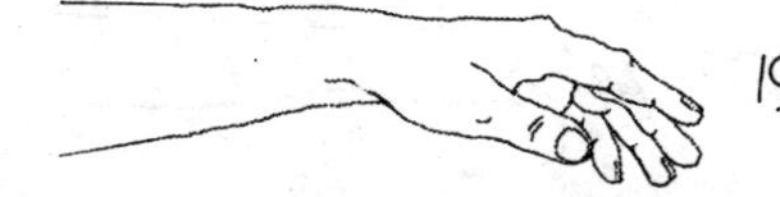

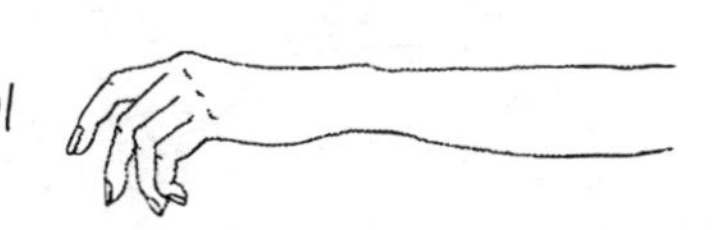

Каждый вход-выход-поворот — арка. Даже окна — «арочные». Огромная, широкая лоджия тянулась мимо комнаты, дальше шла вдоль кухни и кончалась где-то за пределами квартиры — на другом конце улицы, наверное, или в небесах...

Алена улыбалась, довольная.

— А ты как думал? Наша с Сашкой хата стоит как минимум двух таких.

— Я сроду подобного не видел.

— И не мог! Это ж бывший цековский дом.

— Так здесь жили члены политбюро?

— Нет, их ближайшая прислуга. Чего ржешь, я серьезно!

— Да ты что? А какие ж дома были у вождей?

— Почему «были»? Они и сейчас в них живут. Потому мы и не узнаем, какие у них хоромы. Никогда не узнаем!

Роман и Алена разбрелись по квартире. Алена пошла мерить шагами лоджию. А Ромка вдруг вспомнил, как они бродили с Юлькой по их нынешнему дому, как радовались всему и были счастливы... В сердце больно екнуло: куда все

ушло? Или мы так изменились? Ромка представил себе сегодняшнюю Юльку в их комнате с зелеными шторами. Нет, ничего не поднималось в душе, кроме досады и раздражения. А вот та Юлька... И та, пахнущая стройкой, вся в строительном мусоре, новая кооперативная квартирка... Эти воспоминания до сих пор вызывали спазм в горле, лучше не думать, не вспоминать. Чтобы не было мучительно больно...

— Ты чего скис? — Алена обхватила его сзади горячими руками.

— Нет. Ничего, — встрепенулся Ромка. — Ален! Я что хотел спросить: может, ты любишь меня того, прежнего?

— Чего-чего? — Она замерла в удивлении. — Какого — прежнего? У тебя раздвоение личности?

— Да нет... Хотя в каком-то смысле так можно сказать про каждого. Все зависит от времени и от того, как нас видят те, кто знает много лет...

— Ты несешь нечто такое, отчего я начинаю беспокоиться за твою голову, — промолвила Алена, принимаясь неторопл-

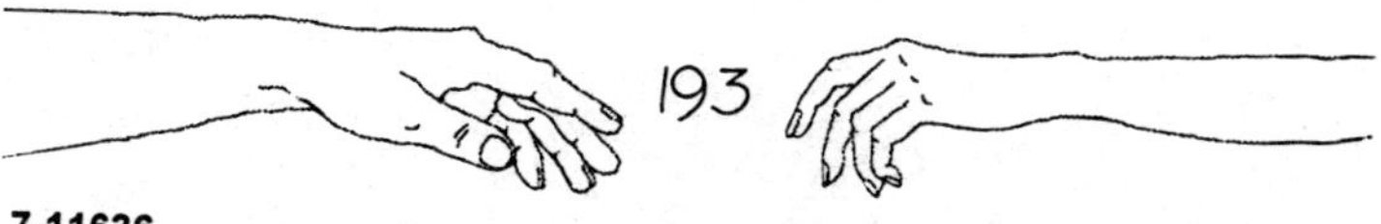

7-11636

ливо расстегивать ему рубашку. — Ты сам-то понял, что сказал? Ладно, отнесу это на счет долгой жизни с Юлей... Или у тебя крыша съехала из-за этой квартиры?

— Ага, точно... Не слушай меня... Тем более что я люблю тебя сегодняшнюю, вот эту Алену, — и он начал целовать ее.

— Другое дело, — прошептала она. — Обновим жилище?

Здесь было чисто, не было строительного мусора. Паркет блестел, как олимпийский каток. И он был теплый...

«Не гигант, — в очередной раз подумала Алена. — Но я так люблю его, что мне все равно!» — И она вновь восхитилась силой своей любви.

Макс ожесточенно жал на звонок. Очень хотелось вдавить кнопку так, чтоб она ввалилась совсем, к чертовой матери!

Дверь открылась, и появилось изумленное Юлькино лицо.

— Ты что, спятил?

— А ты? — с порога заорал Макс и пошел на Юльку, как боевая машина пехо-

ты. Той оставалось лишь отступить назад, слушая гневную тираду брата: — Ты что себе вообразила? Какое ты имеешь право вмешиваться в чужую жизнь? Как ты посмела не только шпионить за мной, но и угрожать Рите, а потом, как последняя сволочь, еще и Гоше накапать!

— Погоди, Максик, успокойся, — Юлька даже испугалась и вытянула вперед руки, словно защищаясь. С ужасающим грохотом захлопнулась от сквозняка дверь. — Максимка, ты очумел, ты не соображаешь! Я так люблю тебя...

— На фиг, к черту, такую любовь! — бесновался Макс. — Оставь меня в покое!

— Нет! — тоже повысила голос Юлька. — Она взрослая баба, у нее шестилетний сын. Ты, дурак, влюбился, она тебя выбросит за ненадобностью, когда надоешь... А ты себе жизнь сломаешь!

Макс закрыл глаза и сосчитал до десяти. Он взял себя в руки, решив говорить по возможности спокойно.

— Хорошо, допустим, — он перевел дух. — Она меня бросит... выбросит. Я что — красная девица, которую обесчестили и

выставили вон? Меня замуж больше не возьмут?

— Я знаю тебя, Макс, ты — добрый, впечатлительный, я не хочу, чтоб тебе было больно, — жалобно проговорила Юля.

— А я хочу! Пусть мне будет больно, я мазохист. Ну, ладно... — он вдруг увидел, что глаза сестры наполнились слезами. — Ладно, расслабься. Никого я не люблю, все не так. У нас с этой дамой просто секс-договор: ей хочется, мне хочется и, пока хочется, мы вместе ублажаемся. Когда одной из сторон надоест, мы расстанемся без взаимных претензий. Тебе полегчало? — уже на последних словах Макс осекся, увидев, как потемнело Юлькино лицо, как сузились от злости глаза, и она аж вся затряслась.

— Тогда это блядство! — заорала она не своим голосом. — Обыкновенное блядство! И ты хочешь, чтобы мне полегчало? Какой ты у нее по счету? Пятый, десятый? СПИДа захотел, идиот несчастный!

— Я понял, Юль! — Макс схватился за голову. — Ты же ей завидуешь! Ты одна, тебя даже Ромка бросил!

— Завидую? — Юлька задохнулась от возмущения. — Ромка вернется! А ты, Макс, гад! Гад и дурак. Завидую!.. Чтоб я завидовала всяким там...

— Юлька! — угрожающе воскликнул Макс.

— О-о! Какой джентльмен! Так вот, передай своей леди и сам заруби на носу: через мой труп. Или ты уже созрел, чтоб сестру угрохать?

— Я тебя просто не узнаю... Вернее, не знаю... — потрясенно произнес Макс. — Что с тобой произошло?

— Со мной все в порядке. Это вы все... сбесились. Должен же кто-то один остаться в своем уме.

Макс повернулся и открыл дверь, затем обернулся и сказал:

— Я женюсь на ней. И очень скоро.

— Ни-ког-да! — четко разделяя слоги, ответила Юлька. За братом захлопнулась дверь, и она в изнеможении опустилась на стул. «Вот вернется Ромка, — подумала она, — попрошу его мне помочь. Тяжело одной с этим справляться. Он тоже любит Макса, должен

понять...» Кстати, пора бы уже ему возвращаться...

Людмила Сергеевна долго ходила вокруг телефона. Подойдет, снимет трубку и вдруг сразу бросит ее обратно. Она никак не могла изобрести слова, которые надо сказать дочери. Юлька стала врагом Максу — можно ли представить более страшную кару для матери, чем вражда детей? Кару — за что?..

Юлька, ее девочка, пропадает: она вошла в какой-то психологический штопор, влезла по уши в трясину своих комплексов, обид, несбывшихся мечтаний и погружается туда все глубже, упорно отталкивая руки близких, протянутые к ней, чтоб помочь, вытащить... Все ее поведение говорит: «Пусть мне будет хуже. Но и вам всем тоже».

Кара... Да, конечно, она, Людмила Сергеевна виновата во всем. Они никогда ничего не понимала про Юльку. Она бросалась спасать ее, тонущую, с кислородной маской и кругом, но ни разу не смогла предотвратить падение, потому что в упор не видела опасности. Да что там: просто не

смотрела в ту сторону! Ну что может случиться с милой, скромной, тихой девочкой? У нее все есть, все друг друга любят, просто обожают, и не о чем беспокоиться.

Оказывается теперь, что она не входит в число главных людей жизни дочери. А если посмотреть правде в глаза: на каком месте в ее, Люсиной, жизни была Юлька? Конечно, на первом, когда та была младенчиком. Но стоило появиться в жизни Володе... Нет, нельзя сказать, что этот молодой красавец затмил пятилетнего ребенка, однако... Сама жизнь сделалась просто аккомпанементом их любви, их счастью. Потом — Максимка, главная мелодия, основная тема, суть всего. А Юлька?.. «Я виновата, я плохая мать, — сокрушенно размышляла Людмила Сергеевна. — Почему так поздно приходит понимание?»

Она должна ей позвонить! Она покается, попросит прощения и спасет свою девочку. И Макса. И свою душу... Люся решительно сняла трубку.

Юлька сидела перед телефоном и вертела в руках Ритину визитку, которую та подарила ей в злополучный четверг.

«Выпендрёж! Дешевка!» — думала она. На красивой, глянцевой картонке были начертаны имя-отчество-фамилия, название фирмы, должность (почему-то редактор) и, самое главное, координаты. Даже номер генерального директора. Он-то и требовался Юльке. «Однако это уже чересчур, — все же засомневалась она. — Если Макс узнает, точно убьет». «И будет прав, — подсказывало что-то Юльке. — Ведь есть предел всему, даже борьбе за благополучие близких». «А могла бы я за Макса убить? — размышляла она. — Вот, представим: я беру пистолет и иду к человеку, который угрожает его жизни. Я направляю пистолет, стреляю... Он упал, только что был живой, а теперь... Жуть! Но ведь, с другой стороны, он угрожал моему братику! И я его убила... Нет, есть предел! Невозможно...»

Но ведь, Господи, подметный телефонный звоночек — не убийство. «Но такая пакость! Неизвестно, что лучше. Может, убийство...»

Юлька вздрогнула всем телом — резко заверещал телефон. Это была мама. Она

несла какую-то ересь, за что-то просила прощения.

— Ма, это такой изощренный способ воздействия на меня, дабы я оставила в покое наших голубков? — Голос Юльки звучал насмешливо. На том конце линии Людмила Сергеевна вся сжалась. А она-то, дура, рассчитывала на душевный разговор. С какой стати? Она почувствовала, как в ней поднимается гнев против этой злобной женщины, которая по ошибке природы — ее дочь. «А как же мои благие намерения?» — спохватилась Люся. И, будто прочитав ее мысли, заговорила Юлька:

— Благими намерениями, мамуля, дорога в ад вымощена! Ты хотела меня взять на ласку, но я уже слышу в твоем голосе металл: начинаешь беситься. Так что, считай, твоя миссия не удалась — выдержки не хватило!

Людмила Сергеевна больше не сдерживалась:

— Ты осталась одна. От тебя все ушли, только Аська по малолетству не может. Тебе это нравится?

— Если ты под «всеми» подразумева-

ешь Романа, то вчера мы виделись, он денежки принес и был вполне спокоен и добродушен. О чем-то хотел поговорить, думаю, попросить прощения, но я торопилась...

— Догадываюсь куда...

— Правильно догадываешься... Он сказал, что позвонит, наверное, сегодня... Он вернется буквально на днях, не сомневайся!

— Зря ты не нашла времени его выслушать, — ядовито заговорила Людмила Сергеевна. Ах, как хотелось сделать побольнее! — Я думаю, что не прощения он несобирался просить, а сообщить тебе нечто малоприятное.

— Ты о чем? — напряглась Юлька.

— К твоему сведению, моя мудрая дочь, твой бывший, подчеркиваю, бывший супруг в скором времени женится на небезызвестной тебе Алене Старцевой. Именно поэтому он спокоен и добродушен. Роман не вернется к тебе!.. Ты слушаешь меня? Алло! Алло!

Юлька молчала. У нее было ощущение, что ее убили, но, по какому-то недоразу-

мению, она еще может видеть, слышать... И даже думать. «Алена и Роман? Уход к матери — маскировка? Впрочем, я ведь сама ни о чем не спрашивала... Ничего не знала и не интересовалась... Так вот откуда деньги! — вдруг дошло до Юльки. — Богатая дама купила себе мужчину и затыкает рот его бывшей жене долларами! Вот она, новая работа — трахать Алену. Боже, какая грязь!» Юля заметила, что в руке у нее трубка, которая все еще кричит маминым голосом «Алло!».

— Я слышу тебя, мама! — голос звучал на удивление спокойно. — Спасибо за информацию. У меня классные однокашницы: одна брата охмурила, другая мужа увела, — и она зло засмеялась. Людмила Сергеевна готова была откусить себе язык. Надо же так сглупить, так бездарно все это вывалить и, возможно, посеять очередную бурю.

— Ты теперь пойдешь убивать Алену? — спросила она со страхом.

— Ну что ты, мама, расслабься! — Юлька была по-прежнему спокойна. — Ромка давно уже не котировался, а уж те-

перь, когда стал проституткой... Не надейся: я не оставлю в покое Макса.

— Да это мания какая-то!

— На здоровье. В конце концов, у меня один брат.

— И из-за этого ты хочешь испоганить ему существование?

— По большому счету я хочу, чтобы не было кругом этой грязи. Оказывается, ее больше, чем я думала. И все в ней по уши!

— Ну, разумеется, кроме тебя! Ты у нас Христос!

— Попробуй с вами не замараться, — парировала Юлька, поигрывая визитной карточкой Гавриловой Маргариты Евгеньевны. — Но разница в том, что вы все купаетесь в ней, как поросята, а я, дурочка, еще сомневаюсь, можно ли хоть по щиколотку туда войти! Хотя нет, больше не сомневаюсь! — и она нажала на рычаг. Потом быстро встала, схватила сумочку, вытащила кошелек, извлекла три стодолларовые бумажки. Медленно и тщательно Юля принялась рвать их на мелкие-мелкие кусочки с выражением легкой брезгливости на лице: она просто выпол-

няла необходимую ассенизаторскую работу, вычищала грязь.

Когда все было кончено, образовавшуюся горку клочков Юлька в ладошках отнесла в туалет и спустила в унитаз. Потом тщательно вымыла руки и вернулась к телефону. «В праведной борьбе все средства хороши!» — с иронией подумала она.

Олег Витальевич Смирнов, бывший комсомольский лидер, а ныне генеральный директор фирмы, считал, что кадры решают все. Он знал, что не ему принадлежит авторство этой формулировки, но сама мысль вызрела, окрепла и выкристаллизовалась в его голове еще в давние хорошие времена. Разумеется, к столь простой истине приходили и до него, но как мало людей, облеченных руководством, действительно следуют этим словам? А ведь люди — прежде всего! Причем в комплексе с образованием, исполнительностью, коллективизмом... И главное: чтоб никаких свар и склок!

Олег Витальевич очень гордился своим умением видеть нутро человеческое, своим чутьем тонкого психолога, а также

вполне научными познаниями в области социологии. Короче говоря, за все три года существования фирмы, принимая людей на работу, он ошибся только дважды. Это ж, считай, безошибочная, ювелирная работа! И результат: хороший коллектив, приличный доход, ну, плюс надежная «крыша», конечно... Вот он, генеральный директор, сидит себе и составляет новое штатное расписание — его святая святых, сюда он не часто пускает даже главного бухгалтера! Все с этим давно смирились: кадровые вопросы — страсть, хобби и сама жизнь гендира. Так вот, по новому штатному мало того что все выплаты с нового года увеличивались процентов на тридцать, так еще и одного шофера можно взять, не говоря уж о покупке новой машины. Процветаем, братцы!

Сладкие размышления прервал телефонный звонок.

— Слушаю! Да, я генеральный. А с кем, простите...

— С вами говорит менеджер по персоналу фирмы «Макс и компания», — веж-

ливо проворковала Юля. — Извините, не знаю вашего имени-отчества.

— Олег Витальевич, — ответил Смирнов, силясь вспомнить, что это за «Макс» такой.

— Олег Витальевич, извините, ради Бога, что отвлекаю. Но дело в том, что к нам на работу нанимается одна дама, и мы хотели бы у вас кое-что узнать...

— Но я-то тут... Простите, а вас как...

— Анна Самуиловна Фридман, — поспешно сказала Юлька, мысленно поаплодировав себе за находчивость и остроумие.

— Анна Самуиловна, при чем здесь я?

— А, я не объяснила, извините! Дело в том, что она... пока что работает у вас. Ее зовут... Гаврилова... м-м-м... — Юлька как бы сверялась с бумагами, — ...Маргарита Евгеньевна.

— Гаврилова? — Смирнов нахмурился: что это за новости? — Она к вам нанимается?

— Да, уже с пятнадцатого декабря должна выйти на работу. Но, понимаете, мы обо всех кандидатах на должности... м-м-м... выше референта наводим справ-

ки, разумеется, в тайне от... ну, вы меня понимаете...

— Понимаю... — ответил Смирнов, вполне разделяя такой серьезный подход к кадровым вопросам. Хотя звонить на прежнее место работы? Не слишком ли? Одно странно: Гаврилова работает уже восемь месяцев, кажется, довольна, неплохо получает, ей он тоже собирался повысить гонорары... Ах! Тут до него дошло: пятнадцатое — через десять дней, она хотела слинять, ничего никому не сказав, не предупредив! Неужели он ошибся в третий раз? — Что от меня-то надо? — уже грубовато-раздраженно спросил Смирнов.

— Только информация, пожалуйста! — Юлька была само терпение и любезность. — Видите ли, мы связались с ее прежней работой — «Радио-парк», и там нас как-то расстроили. Вроде она человек тяжелый, заносчивая бывает... Может, наговаривают?

«Вообще-то девка с гордыней», — подумал Олег Витальевич. Раньше эту черту он не считал недостатком. А что: говорит

всегда с достоинством, спокойно, выдержанно, не терпит фамильярностей (при ней матом не ругаются), взгляд такой гордый… Но теперь, в свете предательства…

— Есть маленько! — согласился Смирнов.

— Неужели! — Юлька как бы огорчилась. — А… что-то еще можете сказать? Для нас так важно…

— Да ничего я не могу сказать! — раздраженно процедил Смирнов, подумав: «Не нравится мне все это!» Но мысль как пришла, так и ушла, а обида осталась. — Кроме того, что впервые слышу о ее уходе! До сих пор была довольна!

— Да что вы говорите? А нам сказала, якобы у вас все в курсе, от вас вообще народ уходит, ведь заработки… и… Ой, простите, ради Бога!

— Ничего! — прорычал Смирнов.

— Нам придется еще подумать, — растерянно произнесла Юля. — Мы уж совсем было решили… Хотя и как профессионал она не семи пядей… Но думали, научится… Впрочем, не буду вас больше отвлекать. Спасибо большое, всего вам доброго!

Олег Витальевич шмякнул трубку так, что она жалобно взвизгнула. Потом взял красный маркер и пометил в своем списке точкой фамилию «Гаврилова». Секунду подумав, зачеркнул стоящую против ее фамилии цифру нового гонорара.

«Мелкая, но пакость, — Юлька положила голову прямо на стол, где стоял телефон, а руки сцепила на затылке. — Кажется, сработало... Помнится, мадам говорила, что с трудом нашла это место. Что ж, она девушка умная, поймет, откуда ветер дует. И чего меня тошнит? Наверное, от нервов».

Когда наступила настоящая зима, у Макса дома отключили отопление. В старых, добрых традициях, аккурат, когда ударил трескучий мороз. «Уж лучше жить на даче! Там теплее — печка есть!» — заявила Людмила Сергеевна, и они с Володей все выходные стали проводить за городом.

Теперь Рите не надо было скрывать ничего от Гоши, и по субботам она вполне легально уходила из дома.

— Я пошла...

— Иди... Можешь не приходить до понедельника. А там, извини, мне на работу надо. Ты хоть про Ваньку не забудешь? — Он смотрел на нее брезгливо, с ненавистью и с громадной тоской одновременно. Сколько же всего может вместить человеческий взгляд!

— Зачем ты так, Гоша? Я сегодня приду...

— Да что ты? Неужели домой тянет?

— Гош, скоро мы разойдемся, и все станет нормально.

— Да?

— Ну, эта ситуация не может так долго тянуться...

— И ты переедешь к своему щенку? Точнее, к его родителям? Вместе с Ванькой?

— Но... Эта квартира...

— А, будем делить! И что мы в итоге получим? Одну коммуналку, это точно! Я в коммуналке жить не собираюсь, я там сроду не жил, говорю сразу! У меня работа от зари до темна, мне надо нормально отдыхать. Значит, коммуналка тебе, а твой мальчик пусть зарабатывает на квартиру.

— Между прочим, на эту квартиру нам родители деньги давали! И твои, и

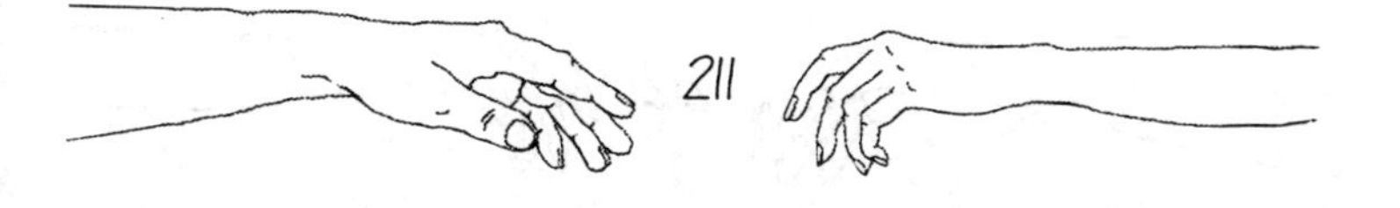

мои! Ты ничего тогда еще не зарабатывал!

— Так пусть и ему дадут! — Рита молчала. — Не дадут же! На фиг им такая невестка, на фиг! Сама понимаешь!

— Потише, Ваня услышит!

— Он смотрит свои мультики, не услышит. И вообще: что значит, услышит? То ли он еще увидит! Например, как мама с папой шмотье делить будут...

— Гоша, Гоша... Неужели это мы с тобой так разговариваем? — печально сказала Рита.

— А ты чего хотела? Идиллии и понимания? Сама все испортила, испохабила...

— Я полюбила, Гош...

— Ага! И не один раз! И все на моей кровати.

— О, Боже! — Рита быстро надела шубку и выскочила из квартиры, завязывая платок уже около лифта. Она не в силах, не в силах уже в который раз слушать это...

И в который раз она не видела, как плакал после разговора с ней Гоша, плакал в ванной, чтобы не заметил сын, плакал, стыдясь взглянуть на себя в зеркало,

на по-бабьи распухший нос, красные глаза и громадные слезы.

Они лежали под теплым одеялом и жались друг к другу. На улице — стужа, в квартире — не больше шестнадцати, и это с электрокамином!

— Бедный мой, как ты здесь спишь по ночам? — прошептала Рита, обнимая Макса.

— Один, без тебя — ужасно! И холодно, и страшно... Слушай, у тебя что, ножки сильнее всего мерзнут? Ты опять в носочках...

Рита покраснела и спрятала лицо у него на груди.

— А может, у тебя там протезы? Так ты не бойся, я тебя и с протезами любить буду, Маресьев ты мой сладкий!

Рита засмеялась.

— Действительно, какая глупость... Это все моя дурь. Короче, — она вздохнула и решительно выпалила: — Больные у меня ножки там, внизу, некрасивые. Косточки такие торчат... Фу-у...

— И делов-то? Ты боялась, что мне не понравятся твои больные ножки? — Макса накрыла волна нежности, он прижал

Риту к себе и начал целовать... У нее, как обычно, от его губ, его запаха и дыхания закружилась голова, она вся ослабла и полетела куда-то...

Когда она вновь обрела способность соображать, ей вспомнился их давнишний разговор.

— Макс, помнишь про «тему»? То есть про ее отсутствие...

— Конечно, киска. И что?

— Кажется, я нашла.

— Ну?

— Личная жизнь неприкосновенна, — торжественно объявила Рита. Макс прыснул. — Сейчас врежу! Слушай дальше: неприкосновенна, даже если речь идет о родном тебе человеке. Его дела для тебя — чужие дела. Американцы называют это «прайваси»...

— «Прайваси» — это несколько шире, Риточка! Но главное — не ново все это, ой, не ново! Особенно для нашей публики, ведь эта напасть — совать нос в чужое белье — у нас неистребима!

— Но я хочу заняться этим всерьез и надолго, — начала горячиться Рита. —

Я буду связываться с психологами, врачами, педагогами, я устрою круглый стол, семинар... международный симпозиум... Буду собирать всякие случаи из жизни, сделаю громадный цикл... Ах, ты смеешься! Паразит, убью! — Она схватила подушку и начала бить ею Макса по голове. Он хохотал и пытался увернуться.

— Погоди, погоди, Ритка, ой, больно же! — Наконец ему удалось вырвать у нее подушку и, схватив ее за руки, он начал объясняться: — Глупенькая, я ж почему смеюсь: ведь тебе это будет интересно ровно до того момента, пока у нас проблемы. А они скоро закончатся, все у нас решится, и ты сразу охладеешь!

— Это с чего ты взял? — возмутилась Рита.

— Родная, просто я знаю тебя. Ищи другое, это — бесперспективно. И старо.

Рита надулась. Через минуту она сказала:

— У нас никогда ничего не решится. Ты думал, где нам жить? Это пока что неразрешимо!

— Сообразим что-нибудь!

— Вот! — Рита поднялась на локте и торжествующе ткнула пальцем в грудь Максу. — Вот когда сказывается твой возраст! Чисто подростковое: как-нибудь рассосется, утрясется, как-нибудь само решится! А никак не решится, Максик! Потому что не может! Это не прыщ, который сам рано или поздно проходит. Нужны деньги, понимаешь? Очень много денег. Их могут дать на сегодняшний день только твои родители.

— Нет, — твердо сказал Макс. — На нашу с тобой жизнь я у них ничего никогда просить не стану.

— Ну и все! — Рита упала лицом в подушку. — Сам ты заработаешь на это дело лет через десять. В лучшем случае.

— Я придумаю что-нибудь, — заупрямился Макс.

Рита тяжело вздохнула:

— Понимаешь, я не давлю на тебя, но мне очень трудно. Дома совсем уже невозможно...

— Я понимаю, — кивнул он.

— Не уверена... Кроме того... — Макс почувствовал, что она вся напряглась,

натянулась, как струна. — У меня что-то не клеится на работе...

— Писчий спазм?

— Пошел ты... Шеф меня игнорирует. Это не в его стиле, он всегда был любезен и приветлив.

— Ну и что?

— Как что? — возмутилась Рита. — Он перестал со мной здороваться, понимаешь? На ровном месте!

— Его жена с любовницей застукала, к примеру. Может, вообще тебе показалось?

— Уже неделю кажется! И другие... Вокруг меня на работе какая-то зона молчания. Может, я схожу с ума, но по-моему... Возможно, и здесь Юлька наследила...

— Рита! — Макс сел на кровати и передернулся от холода. — Это уже психоз!

— А что, в таком случае, происходит? — растерянно спросила Рита. — Я не нахожу объяснений.

— Это не повод... И знаешь, — он потер ладонями виски. — Давай решать проблемы постепенно, последовательно, не

гуртом, а то у меня сейчас голова лопнет... Квартира, твоя работа, деньги...

— Это, милый мой, и называется «взрослая жизнь»!

— Ой, уймись, наставница! Дай подумать...

— О чем?

— Например, о том, где мне взять деньги. Есть одна идейка... Вот ее и буду разрабатывать. Не о Юльке же и твоей работе мне размышлять. Не маразмируй, любимая!

— Хорошо, — кротко согласилась Рита. — Не буду.

Потом они пытались согреться горячим чаем на кухне, матово поблескивающей черной кафельной плиткой. Макс дал Рите мамину теплющую кофту, в которую она завернулась, как в платок. Сам он надел свой самый жаркий колючий зеленый свитер. Замерзшие ладони они грели о чашки.

— Блокада Ленинграда, год сорок второй, — мрачно изрекла Рита.

— Тебе плохо? — грустно спросил Макс.

— Когда я с тобой, запомни, мне не может быть плохо, — улыбнулась она. — Мне бывает только страшно. За нас. Все так непрочно, хрупко, все в любой момент способно разрушиться.

— Я придумаю что-нибудь. Ничего не разрушится.

— И про Юльку ты тоже что-нибудь придумаешь?

— Кто про что...

— Так ведь это она объявила мне джихад.

Макс склонился над своей чашкой. Лучше бы решать десяток денежных проблем, чем одну — этот кошмар с сестрой! Хотя смешно, ей-богу, бояться его Юльки, его старшей маленькой сестренки, которая всегда была другом, советчиком и очень родным человеком. Смешно? А вот Ритке страшно. Рита боится Юли и, наверное, ненавидит ее. И как прикажете с этим жить? Конечно, из-за идиотизма сестры он от Риты никогда не откажется, но последствия очевидны: ссора с Юлькой, мама будет разрываться между ним и дочерью, в результате — кошмар и ужас. А ведь есть еще и Ванька. Это уже второй эшелон проблем. Или первый?

— Иногда мне думается, что разрешимы все проблемы, кроме Юльки, — как бы в унисон его мыслям сказала Рита. — Я бы попыталась с ней поговорить, но после того, что она уже натворила...

— Не понимаю, — задумчиво произнес Макс. — Я думал, что знаю про нее все. Откуда вдруг вылезло в ней это? Чем она заразилась?

— Мы ничего ни про кого не знаем, — вздохнула Рита. — Потому что каждый человек с двойным дном. Хочешь смешную историю? Была у меня одна знакомая, почти подружка, девочка из моего университета, только училась на философском. Такая вся «философка» — серьезная, в солидных очках, начитанная до неприличия, цитировавшая Сенеку, Цицерона и еще Бог знает кого. И все точно, к месту... Суди сам, ее любимые темы для болтовни: мироздание, социология, поэзия серебряного века, философские теории... Ох, всего и не упомню! Я часто

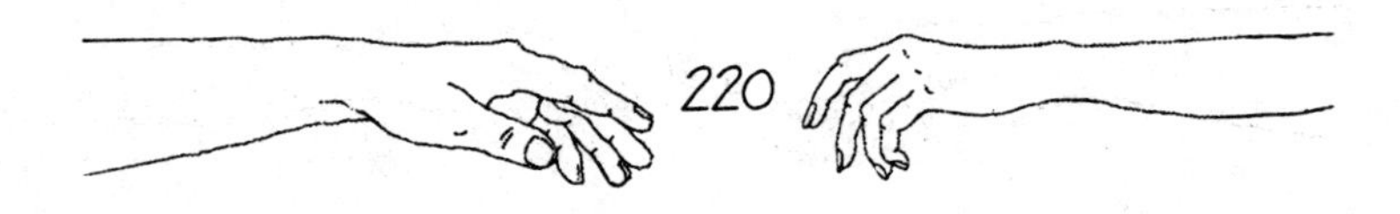

чувствовала себя рядом с ней полной идиоткой... Но мне было так интересно, я прямо-таки духовно росла от нашего общения. Я несколько раз приглашала ее к себе просто поговорить. И вот однажды она стянула у меня два перстенька...

— Как это? — заулыбался Макс.

— А так: пошла она в ванную перед уходом губы намазать. И мазала их, наверное, полчаса, я даже забеспокоилась... А у меня там на полочке шкатулка стоит — с колечками, цепочками... Никаких драгоценностей, все в основном бижутерия. И было в ней всего-то два колечка с камушками. После нее я их не досчиталась.

— Не может быть! Ты, наверное, просто их потеряла или положила в другое место. Так бывает...

— Не считай меня полной дурой! Разве ж я стала бы говорить про кого-то подобные ужасы, не будучи уверенной на тысячу процентов? Я эти колечки, во-первых, надевала накануне и вечером положила на место, а во-вторых, перед ее приходом я лазила в шкатулку за цепочкой и даже вертела их в руках, думала, надеть или нет? И еще есть в-третьих: один раз я встретила ее в коридоре университета, она вот так несла книги, — Рита показала как, — и на пальчике у нее очень ладненько сидело мое кольцо. Ну, и что мы можем знать о людях? По каким признакам судить и делать выводы?

— А после этого, — заинтересовался Макс, — ты с ней объяснилась и порвала отношения?

— Я ничего ей не сказала, не могла найти, придумать нужные слова. И рвать отношения не стала — она очень интересный человек и собеседник. Я общаюсь с ней до сих пор. На чужой территории. А вот в гости больше не зову.

И они расхохотались.

Ее ничто не могло теперь остановить. Демон разрушения вселился в Юльку. Но это был сладкоголосый демон, он увещевал: «Грязь кругом, мерзость и пошлость! Останови!» И вся ее энергия, так долго не находившая выхода, все нерастраченные умственные силы ринулись на выполне-

ние святой задачи. Светила путеводная звезда. Обозначилась цель жизни. Существование обрело смысл.

Телефонный звонок Романа с предложением подать документы на развод она восприняла как лишнее тому подтверждение.

— Ну разумеется! Только имей в виду, твои, то есть старцевские, деньги я спустила в унитаз.

— Что? — поразился Ромка. И тут до него дошло другое, главное. — Значит, ты в курсе?

— А как же! За вас весь мир радуется. Поздравляю с богатой невестой!

Роман смущенно покашлял:

— Я очень хотел бы... чтоб и у тебя... в жизни все сложилось...

— Ну, спасибо, родной!

— Только, Юль! Насчет денег: не дури! Это не тебе, это для Аськи.

— Аське — от Алены?

— От меня... Зачем ты так?

— Откуда ж у тебя вдруг такое богатство? Только не рассказывай мне про новую работу, не держи меня за идиотку!

Роман благоразумно промолчал. Ненормально все-таки, что Алена кормит их всех! Когда же, наконец, она его хоть куда-нибудь устроит?

— У вас еще есть деньги? — озабоченно поинтересовался он.

— Не беспокойся, все в порядке, с голоду не умрем, — и Юля повесила трубку. Конечно, не умрут: вчера мама приходила, баксы принесла. И смотрела так жалобно, умоляюще, мол, доченька, будь хорошей! Как не понимает, что для Юльки сейчас «быть хорошей» — значит победить Риту. Странно все же, что у мамы нет той же цели — это ведь ее сын!

— Если бы у меня был сын, — строго выговаривала ей Юлька, — и он вот так попался бы, я бы носом землю рыла, но не допустила...

Людмила Сергеевна подавленно выслушала ее. Говорить что-либо не имело смысла. Конечно, она переживала, конечно, ситуация та еще... Но Макс ей сказал:

— Мама, я люблю ее. Я не могу без нее жить. Это всерьез и навсегда. Или вы с

папой примете это, или... Я могу куда-нибудь съехать и не мозолить вам глаза.

— У тебя теперь есть внучка Ася и внук Ваня, — звучал Юлькин ядовитый голос. — Ты рада, мамуля?

— Как вы собираетесь жить? Где? — только и спросила Людмила Сергеевна сына. Он с облегчением улыбнулся.

— Главное, что ты у меня молоток! Все остальное — мои проблемы, не бери в голову.

— Тебе придется работать... Ты не бросишь институт?

— Ма, не накручивай себя! Все будет хорошо!..

— Он бросит институт, пойдет торговать «Сникерсами», — зудела Юлька. — Надо же кормить жену и сына?

— Но ведь и Рита работает, — заметила Людмила Сергеевна.

— Ой, да что она там «работает»? Их муж кормил всегда. И потом: нашим молодым придется думать о жилье. Вот вы с Володей это дело и будете оплачивать!

— Нет, Макс отказался от нашей помощи заранее, — Людмила Сергеевна по-

8-11636

чувствовала, как заныло, закололо сердце. — Я пойду, Юль. Если что — звони, — и она по привычке чмокнула дочь в лоб. По тому, как Юлька дернулась, Людмила Сергеевна поняла: этого делать не следовало. Юлька находится в состоянии войны со всем миром, вокруг нее — враги, и она стреляет без предупреждения. «Все может кончиться бедой», — думала Людмила Сергеевна в лифте, прислушиваясь к ноющему сердцу.

Ольга Михайловна, ведя за ручку Ваньку, столкнулась на лестничной площадке с соседкой. Та заулыбалась:

— Что, опять внучка подкинули?

— Подкинули моего сладенького, подкинули!

— На площадку идете? Правильно! Там сейчас много ребятишек, мороз отпустил — все высыпали.

— Вот и славно! Ванечке весело будет! Да, Ванек?

Мальчишка радостно мотнул головой и, улыбнувшись Ритиной улыбкой, посмотрел на бабушку Ритиными глазами.

Ольга Михайловна умилилась: «Какой красавчик растет! И как на Риточку похож! Хотя и не скажешь, что она такая уж красотка». К дочери Ольга Михайловна всегда была строга и оценивала ее по самой строгой шкале, даже в том, что касалось внешности, одежды, прически... А как иначе можно воспитать настоящего человека? Хотя Ольга Михайловна не особо это проявляла, любила она свою девочку безумно и ужасно болела душой за все ее жизненные неудачи и совсем уж втайне жалела Ритулю. Хорошо, что сейчас все уладилось, работа вполне достойная, дома — тьфу, тьфу... Ванечка здоров, и это самое главное.

На детской площадке и в самом деле детей было полным-полно. Все скамеечки заняли мамаши и бабули. «Холодно ж сидеть», — удивилась Ольга Михайловна. Ванечка бросился на горку, а она не спеша подошла к знакомой, выгуливавшей внучку, и повела обычный, неторопливый, «детплощадочный» разговор.

Падал снег, и картинка была радостно-новогодняя: ярко одетые дети сыпались

горохом с горки, играли в снежки, катали друг друга на санках...

— А хорошо бы, — задумчиво сказала Ольга Михайловна, — к Новому году сюда елочку принести. То-то бы ребятам радость. Как думаете?

— Да, неплохо... — ответила знакомая. — А кто это с вашим Ванечкой разговаривает? Что-то я эту женщину впервые вижу.

Ольга Михайловна поискала глазами внука. Ага, вот он. Действительно, рядом с ним на корточках сидела молодая женщина в розовой стеганой куртке. Улыбалась, что-то говорила...

— Я тоже ее не знаю, — пожала плечами Ольга Михайловна. — Может, чья-то мама...

— Нет, я вам точно говорю — ничья она ни мама. Я всех тут знаю...

Ольга Михайловна решила на всякий случай проверить — мало ли, столько несчастий вокруг происходит... Она быстрым шагом направилась к Ване. При виде ее молодая женщина встала, выпрямилась и улыбнулась:

— Здравствуйте!

Ольга Михайловна глядела вопросительно. Вдруг Ваня обернулся к бабушке и весело сообщил:

— Бабуль, эта тетя мне дала конфетку. И еще она спрашивает, где гуляет моя мама. И еще она хочет тебе что-то сказать.

— Кто вы такая? Что вам нужно? — с тревогой спросила Ольга Михайловна.

— Да не важно, кто я, — продолжала улыбаться Юля. — Важно, чтобы вы узнали, кто ваша дочь. А она у вас... Не хочется при Ванечке... Но что ж делать? — Юля сокрушенно покачала головой. — Так вот: Рита тащит в постель молоденьких мальчиков, несовершеннолетних даже...

Ольга Михайловна замахала на Юльку руками:

— Замолчите немедленно! Ванечка, — она легонько подтолкнула мальчика в спину, — иди, покатайся с горки.

Послушный внук пошел на горку, с удивлением оглядываясь на бабушку и добрую тетю.

— Что вы несете? — зашептала Ольга Михайловна. — Вы, наверное, сумасшедшая?

— Бережем детские ушки? — насмешливо спросила Юля, провожая Ваню глазами. — То ли он еще увидит и услышит в своей жизни! Бедное дитя, при матери-шлюхе...

— Я сейчас позову милицию, — беспомощно пробормотала пожилая женщина.

— Это убедительно, — усмехнулась Юля. — Интересно, что вы им скажете... Да я скоро уйду, успокойтесь! Просто вы, как мать, должны знать, что Рита решила поиграть в Эммануэль. Слышали про такую? А как бабушку вас должно волновать, в какой обстановке растет внук. Вам ведь это не безразлично? Видимо, нет, — кивнула Юля после некоторой паузы. — Значит, считайте, что я ваш бесплатный информатор, а уж выводы сами делайте, не мне же за вас... Всего хорошего! И с наступающим! — Юля ослепительно улыбнулась, обнажив дырочку вместо зуба — очень радостная была у нее улыбка. — Пока, Ванятка! — Она помахала ру-

кой мальчику, который, стоя на горке, весело замахал ей в ответ.

Рита медленно брела домой. Каждый шаг давался ей с трудом, будто к ногам подвесили по гире. Не хотелось поднимать глаза, она все время смотрела в асфальт, покрытый кое-где снегом, и, естественно, периодически врезалась в кого-нибудь.

— Эй, поосторожнее! Смотреть надо!

Но Рита и тогда не поднимала головы. Единственным ее желанием было не видеть никого вообще, ни одной человеческой морды, забиться куда-нибудь в уголочек, и чтоб никто не нашел.

Сегодня на работе напряжение последних недель, наконец, прорвалось. Хотя еще только двадцатое, Олег Витальевич решил провести ежегодное предновогоднее «собрание подведения итогов». Рита посмеивалась: даже по речи видно, что человек в не таком уж далеком прошлом — номенклатурщик. Впрочем, это и не являлось большой тайной: еще в девяностом Смирнов работал в райкоме комсомола.

За полчаса до собрания Олег Витальевич вдруг подошел к Рите, правившей свой текст, и тихим, недобрым шепотом спросил:

— Что, не взяли в классную фирму, где много платят? За дурной характер?

Рита подняла на него недоумевающий взгляд.

— Я не поняла... Вы о чем?

— «Макс и компания»! — торжественно объявил Олег Витальевич, внимательно следя за ее реакцией. При слове «Макс» она заметно вздрогнула. — Оп-ля! — удовлетворенно хмыкнул Смирнов.

— При чем тут... Макс? — у Риты даже дыхание перехватило.

И тут Олега Витальевича понесло: все эти дни он носил, копил в себе злость и обиду на эту журналисточку неудавшуюся, которая смеет где-то там поливать грязью... Он шепотом высказывал и рассказывал ей все — и про звонок из «Макса», и про ее вероломство («Ты даже не сочла нужным предупредить!»)... Он безумно радовался, что ее не взяли («Так тебе и надо!»), и постоянно твердил: пусть она

не надеется, что после всего этого у нее здесь...

— А вы даже не удосужились навести справки о... фирме? — грустно перебила его Рита.

— То есть?

— Это все чушь, и фирмы такой нет. И никуда я не собиралась уходить. Это со мной кое-кто счеты сводит...

Олег Витальевич уязвленно молчал. Возможно, эта Гаврилова говорила правду, а он и в самом деле сглупил и не проверил ничего: существует ли этот «Макс», живет ли на белом свете Анна Самуиловна Фридман — менеджер по персоналу... Слишком сильно он тогда обиделся на Риту, чтобы сподобиться на рациональный поступок. Так, а сейчас-то что главное? Сейчас важно не признаваться в своей оплошности, не терять авторитета.

— Что ж, — с достоинством произнес Смирнов, — работники, чья запутанная личная жизнь отражается на производстве, — еще тот подарочек. Тем более что у меня к тебе, Гаврилова, накопилось до-

статочно претензий по твоей непосредственной деятельности. — Всю последнюю неделю начальник читал-перечитывал Ритины опусы, скрупулезно выклевывая из них малейшие недостатки, придираясь к каждому слову, к каждой запятой. — Мы брали в штат журналиста-профи, чтобы все было оригинально, интересно, по-новому. А у тебя что? На таком уровне, извини, любой студент статейки накропает. Я к чему веду-то... На собрании будет разговор о повышении всех зарплат. Так вот, твоих гонораров это не касается.

Он вовсе не хотел, чтоб она уходила. Все-таки свою работу Рита делала очень даже неплохо. Но во-первых, она уже никуда не ушла и, возможно, действительно, не собиралась, а, во-вторых, ее в любом случае следовало проучить за все доставленные ему, Смирнову, муки. Да и не стал бы он удерживать работника большими деньгами, еще чего — не тот день на дворе! Хороших спецов много, а вот отличных мест для работы — ой, мало! Кто за кого должен держаться?

Удовлетворенный Олег Смирнов отошел от Ритиного стола. Он так издергался, так переживал: третья ошибка — это уже плевок в лицо! Теперь же будто камень с души свалился!

А Рита сидела раздавленная и думала: «Очередная работа рухнула... Конечно, из-за нее не стоит рыдать, не радио всетаки... Но сколько ж можно терять все и начинать сначала?» А если рассматривать это как новый шанс... Найдутся ли у нее силы на очередную попытку? И с чем, и куда ей идти? «В тридцать три карьеру в журналистике не начинают, ее уже заканчивают и уходят в писатели или пророки...» Все поезда ушли!

Собственно, отсюда ее еще никто не гонит. Но как оставаться после всего сказанного Смирновым? Рита слишком горда, чтобы проглотить и утереться.

Господи, а главное-то: это ж и впрямь Юлькины штучки! Вот что самое важное! Ну, дальше просто ехать некуда...

Рита встала, оделась, взяла сумку и ушла, ни с кем не попрощавшись, никому ничего не сказав. «Сучка!» — отметил про

себя Олег Витальевич, ждавший раскаяния и слез.

По улице шел призрак, зомби, не видевший людей, не замечавший машин. «Я слабая женщина, я уже достаточно потрепана всякими обстоятельствами, я просто устала. И не способна на подвиги во имя любви. Может, и вправду всем будет лучше и легче, если мы с Максом разойдемся?» От этой мысли Риту аж зашатало, и в груди вдруг так заболело, что она чуть не завыла в голос. Она вспоминала его вишневые глаза, губы, голос, руки, и слезы катились по ее щекам, а плакать на зимнем ветру было так больно и холодно! «Не могу, не могу, не могу!» Но разум развертывал перед ней мрачную панораму: жить им негде, она почти потеряла работу, Гошка несчастен, Юлька еще неизвестно какую гадость выкинет... Если учесть, что пока за бортом событий Ваня и родители, которые никогда не поймут «неправильных» поступков, то можно предположить: проблемы только удесятерятся. «Не могу, не могу, не могу!» А надо! «Гудбай, май лав, гудбай!» — запел в ее голове Демис Руссос. Даже в такой не самый веселый момент жизни изощренное «радийное» мышление подкладывает ей под мысли отличную музыкальную отбивочку...

Через час Рита знала, что ее родители и сын уже отнюдь не за бортом событий, а в самой их гуще.

Телефонный звонок раздался, когда она только вошла в квартиру и еще не успела раздеться. Поэтому все, что говорил, вернее, кричал ей папа, она слушала, стоя в шубе и обливаясь потом. Хотя руки ее быстро начали стыть от ужаса. Папа орал, что, в принципе, ему несвойственно. Мама слегла с глубоким гипертоническим кризом («Мало она дергалась из-за твоих неурядиц на работах, только вздохнула, и тут!..»), Ванька, естественно, ревел, был испуган («Сына ты не получишь до тех пор, пока не разберешься со своей сложной личной жизнью! Ребенок не может нормально расти в такой обстановке!»).

— В какой обстановке, пап? — жалобно спросила Рита. Она уже все поняла, более того, она поняла, что ждала чего-то по-

добного. Чувствовала, что случится пожар.

— В обстановке, когда мать называют «шлюхой», — понизил голос папа.

— А тебе в голову не приходило, что это все подлость, ложь? — начала защищаться Рита, немного оправившись от первого шока. — Как же вы плохо думаете обо мне... Может, ты хочешь меня выслушать?

— Ни-ни! Ты знаешь, я всегда был тебе другом и советчиком, но в таких гнусных делах, когда приходят обиженные жены...

— Это не жена!

— Не хочу знать! Мне все равно, кто это! А тебе не приходило в голову, что она может Ваньку кислотой облить?

Рита услышала, как запричитала мама.

— Па, уймись! Маме и так плохо...

— Это ты мне говоришь?! Ну, знаешь... Кто бы ни была эта женщина, — он чуть сбавил громкость, — пойми главное: у нормальных людей при нормальной жизни таких ситуаций возникнуть просто не может! Разберись со своими проблемами! А Ваня пока побудет у нас.

Ах, непримиримое ко всем и ко всему поколение интеллигентов-максималистов! Ах, эти стерильные представления о «норме» и «нормальных отношениях», вскормленные романтическими шестидесятыми годами, не знавшими компромиссов! Как же с вами бывает трудно...

— Отнимаете сына? Лишаете родительских прав? — с горькой иронией спросила Рита.

— Если хочешь — да! Приведи себя в порядок, девочка!

— А ты уверен в своей правоте? Насчет нормы?

— Абсолютно. Извини, у меня много дел. Позвонишь сама, когда будет что сказать, — и он повесил трубку. Хорошее пожелание, особенно когда тебя не хотят слушать вообще.

Рита прямо в шубе села на стул и уставилась в одну точку. Из нее как будто вынули все — внутренности, скелет. Там, под кожей — пустота. И при этом абсолютно ничего не хотелось: ни есть, ни спать, ни плакать. Этакий эмоциональный вакуум.

Было все равно, какое число, день, год, век. Все вокруг потеряло цвет, запах, форму... Существование сделалось странным, нереальным, бессмысленным.

Рита попробовала сосредоточиться. Не получалось. Все мысли от попыток схватить их за хвост разбегались в разные стороны, как тараканы от дуста. Напрягшись, она поднялась и стянула с себя шубу. На это сил хватило, но вот удержать тяжелую вещь не смогла. Шуба соскользнула на пол. «Черт с ней», — вяло подумала Рита и пошла в ванную. Там она открыла холодную воду и плеснула в лицо. Вздрогнув от ледяных брызг и выйдя из непонятного ступора, она вновь обрела способность более или менее соображать... И тут же все происшедшее навалилось на нее неподъемным грузом.

— Ой-ой! — застонала Рита, рухнула на колени и разрыдалась. Она рыдала так безудержно и громко, что не сразу услышала телефонный звонок. Услышав же, бросилась к телефону — ведь это мог быть папа, там маме плохо, и все по ее, Ритиной, вине.

— Алло! — прохрипела она в трубку.

— Риточка, любимая! Ты что не отвечаешь? А что у тебя с голосом? Ты простыла, малыш? — это был Макс. Встревоженный, озабоченный, ах-ах! Мальчишка, сопляк! Радостный какой! Конечно, какие у него могут быть проблемы? Все проблемы и кошмары — у нее! Папа прав: в нормальной жизни такого не бывает. Когда тебе за тридцать, а мальчишка на втором курсе — это ненормально. Грязно и аморально! Все правы: папа, Юлька, Гоша... Волна жуткой злобы захлестнула Риту.

— Ты забудешь этот номер на веки вечные! — заорала она в трубку. — Я больше тебя не знаю и знать не хочу! Это твоя сестрица нагадила мне на работе, я была права. У меня психоз, да? Ты обещал ее остановить, но ничегошеньки не сделал! Конечно, зачем тебе ссориться с сестрой, тебе-то и так сладко! Сволочь! Она и продолжает резвиться! Люби ее, жалей ее! Да на фиг мне сдалось ваше поганое семейство! И ты в том числе. Я тебя ненавижу! — И Рита шарахнула трубку на рычаг.

У Макса на самом деле были радостные новости. Дело в том, что он нашел, как он сам это назвал, «промежуточный вариант». Он все-все рассчитал и просчитал, и вот что получилось: один его приятель, Игорь, уже несколько лет работал в автосервисе, причем по иномаркам. Зарабатывал больше, чем очень хорошо... А Макс тоже в свое время лазил в отцовскую машину — сперва в одну, потом в другую, и выяснилось, что руки и голова в плане авторемонта у него на месте. Разумеется, и в страшном сне Максу не могла привидеться карьера автомеханика. Даже из-за денег. Но ради Риты...

Словом, он поехал к Игорю и долго с ним разговаривал.

— Ну, братан, ну как же это можно, не бросая твоих дел? Ты ж в институте полдня торчишь! — недоумевал Игорь.

— Сразу после института я мчусь сюда. И хоть до глубокой ночи. И еще все выходные.

— Загнешься!

— Не загнусь. Твое дело — меня обучить. Сколько на это надо времени?

— Слушай, только ради наших хороших отношений... А так — на хрена оно мне упало?

— Я понял, я оценил, сочтемся потом. Сколько?

— Ну, чтоб ты начал деньги зарабатывать... Именно деньги, а не так... Ты ж из-за этого?

— Какой срок? — Макс уже начал злиться.

— Месяца два. Тебе — месяца два. Станешь хорошим мастерюгой. Но чтоб заработать, ночами придется копаться... А то — бросай свою бодягу, лучше будет, серьезно!

Но это было как раз несерьезно. Ему надо думать не только о сегодня и завтра, но и о послезавтра. Наступит срок, и он начнет зарабатывать головой, знаниями... Черт, как слабо в это верится сейчас, как медленно идет время! Но он не имеет права поддаваться панике, он просто должен много работать. День и ночь. Там, где больше платят. Переводы — побоку.

Обсудив с Игорем цифры, Макс сел между двумя «мерседесами» на какое-то

колесо, вытащил калькулятор и подсчитал: через три месяца они с Ритой смогут снять недорогую однокомнатную квартиру, в плохом районе, конечно, но разве это сейчас важно? А уже через годик, откладывая деньги и заняв какую-то сумму, им удастся, учитывая положенное Рите после развода, купить скромное двухкомнатное жилище. Совсем неплохо!

Удовлетворение и ощущение победы над обстоятельствами переполняли Макса.

— Где у вас телефон? — улыбаясь, спросил он Игоря.

«Я все придумал, родная!» — вертелось у него на языке, пока он пытался дозвониться до Риты. Однако та все никак не брала трубку. И вдруг он услышал хриплое, чужое «алло»...

Потом Макс еще трижды набирал ее номер. С трудом набирал, ибо пальцы противно, мелко тряслись, как у старика. Но она больше не ответила. Надо ехать к ней! Случилось что-то кошмарное! Наверное, кто-то умер! Или она сошла с ума...

Придя домой, Гоша застал Риту в состоянии полного обалдения от лекарств. Она напилась реланиума, который употребляла крайне редко и исключительно на ночь. Рита лежала, укрывшись пледом, на диване и бессмысленно смотрела в потолок.

— Иначе я бы сдохла, — еле ворочая языком, объяснила она Гоше.

— Сколько таблеток?

— Три или четыре... Не помню...

— Ванька где?

— У родителей. Меня лишили родительских прав. За разврат, — она засмеялась тихо, слабо, и все смеялась и смеялась, достаточно долго, так что Гоша испугался всерьез и позвонил тестю с тещей.

Макс, вылетев пулей из лифта и кинувшись, как ненормальный, на дверной звонок, не думал, дома Гоша или нет. Это теперь не имело никакого значения.

Дверь открыл Ритин муж.

— Где она? Что с ней? — выпалил Макс. Гоша разглядывал своего соперника, враз разрушившего его жизнь. Всю жизнь... И видел в его глазах испуг и боль

за Риту. И еще страх потерять ее. Он его понимал, но все равно люто ненавидел.

Вдруг из комнаты раздался слабый голос:

— Уйди, ради всего святого! Не пускай его, Гоша! Уйди! — и жалобный всхлип.

— Ты все слышал? — сдерживая себя, чтобы не наброситься на Макса, сквозь зубы спросил Гоша. — Или мне повторить?

— Она больна? Ей плохо? — Макс не двигался с места.

— Ой, да убери же его отсюда! — прошелестело из комнаты.

— Опять не слышал? — Гоша с угрозой шагнул вперед, как бы выпихивая Макса из квартиры.

— Я слышал. Я понял. Я ухожу, — Макс почувствовал себя самым страшным человеком на свете: убийцей детей, мучителем животных, насильником, Гитлером-Сталиным и Чикатило одновременно... Она его гонит. Значит, он теперь может себя презирать. Есть за что!

К Новому году еще потеплело. К счастью, температура не преодолела нулевую

планку, так что ничего не раскисло, не растаяло, напротив: стояла прелестная, мягкая, очень рождественская погода. Как в какой-нибудь Франции, отовсюду, из всех магазинов и магазинчиков неслось волнующее «Джинглбелз», Санта-Клаусы прикуривали у Дедов Морозов, и везде опьяняюще пахло хвоей. Даже в продуктовых отделах...

«Новый год — семейный праздник, самый семейный праздник», — говорили друг другу люди, оправдывая свое нежелание идти в гости в новогоднюю ночь. Всем, как обычно, хотелось затащить друзей к себе. Шли долгие телефонные переговоры: где, у кого встречаться... «Мы у вас в тот раз были!» — «Так это же семейный, домашний праздник, и мы никогда — никуда! Но вы-то нам родные, так что ждем!» — «Нет, это мы ждем. У нас, между прочим, есть индейка!» — «Принесите ее к нам...» И далее в том же духе. В каждом доме уже с двадцать девятого числа пахло салатами и пирогами, морозильники были забиты до отказа, и из-за с трудом упихнутой туда бутылки дверца наотрез отказывалась закрываться. «Мать честная, капает же! Разморозится, к черту, все! Неси на балкон! Нет, не бутылку, а мясо!»

И везде с нетерпением ждали «Иронию судьбы...», прикрывая свою радость по поводу очередного показа лицемерным «Опя-а-ать! Ну, сколько можно!». И смотрели, с опережением цитируя все реплики и заранее начиная хохотать... А главное: было ощущение, что конечно же завтра все изменится, ведь не ладилось-то в уходящем году почему? Просто был поганый год! Зато следующий — счастливый! Не верите? Да посмотрите в гороскопы, там все ясно написано!

Мы, люди — смешные и наивные существа, мы умирать будем в старости с верой в волшебство новогодней ночи. И запах хвои заставляет нас улыбаться и радоваться жизни в любом возрасте. А потому — да здравствуют Новый год, Дед Мороз и Снегурочка. Во веки всков...

...Красный «Опель» мчался по заснеженному загородному шоссе. «Ай лав ю!

Ай ду, ай ду, ай ду...» — сладкоголосо разливалась «АББА» из стереомагнитолы. Тихонько работала печка, было тепло, пряно пахло духами Алены. Все это вместе называлось Счастьем. Так определил для себя Роман.

Они ехали на Аленину дачу. То есть на ту, что стала Алениной после разговора с Сашкой.

— Саш, а ты мне дачу не уступишь?

Он картинно поднял бровь. Бабы всегда млеют от этой его выгнутой бровки, но Алена-то знала: иногда это может означать недоумение и даже раздражение.

— В смысле — «уступишь»?

— За реальные деньги, — тут же вывернулась Алена. — Не будешь же ты с меня драть, как с обычного покупателя? — Она кокетливо засмеялась.

— Не буду, — легко согласился Сашка, и они довольно скоро заключили сделку. Теперь дача полностью ее. Вернее ее и Романа. Сейчас он увидит это двухэтажное кирпичное чудо, камин с изразцами... Они его затопят и будут сидеть перед ним, греться, пить кофе, заниматься лю-

бовью, разговаривать и слушать кукушку в часах — это Аленина слабость, хоть по ночам и мешает спать. Они проведут на даче рождественские каникулы, вместе встретят Новый год. Весь багажник забит деликатесами, винами, шампанским, фруктами... Как раз на две недели, можно никуда не вылезать. А потом, вернувшись в город, они вплотную займутся разводами, переездами и прочей ерундой. Но это после, после... Сейчас впереди — только отдых!

«Все-таки надо смотреть правде в глаза, — думала Алена, осторожно ведя машину по зимней дороге. — С Сашкой мы расстались очень легко, без надрывов. А почему? Потому, что не было настоящей любви никогда. Всю жизнь — партнеры, друзья. Такими и останемся. А любовь, — она покосилась на сидящего рядом Романа, — вот она, рядом сидит! Столько лет... И навсегда! И ведь он тоже легко оставил Юльку, — сообразила Алена. — А уж какие были страсти! Всем на зависть, мне — на смерть. И ничего не осталось. Так рванул, что пятки сверкнуть не успели! Даже гру-

стно... Какой бред, я же радоваться должна! Все равно чуточку грустно. Хоть и радуюсь».

Одновременно они посмотрели друг на друга и улыбнулись. Так бывает у очень близких людей, которым не надо объяснять, почему ты улыбаешься и смотришь... Можно просто так...

Впереди их ждало счастливое время, с новогодней елкой, старым-новым всенародным праздником Рождеством и Любовью.

К тридцатому числу Юлька поняла, что никакого чуда не случится, никто ее не пригласит встречать Новый год, никто, наверное, даже не позвонит поздравить. Оставаться же вдвоем с ноющей Аськой тридцать первого декабря — перспектива безрадостная. Ладно, раз гора не идет к Магомету... И Юлька позвонила маме.

— Ма, привет! Есть какие-нибудь возражения против того, чтоб мы с Аськой пришли к вам в Новый год? Аська только об этом и мечтает!

Людмила Сергеевна ответила не сразу.

— Ну что же, — наконец вздохнула Хона, — может, это будет и правильно. Хотя праздновать мы не собирались.

— Как же так? Новый год все-таки!

— Ах, действительно! — Мамин тон стал язвительным. — Раз праздник — надо праздновать. Порядок превыше всего!

— Вы елочку поставили? — Юлька решила пропустить мимо ушей мамину иронию, все будет нормально, Аська ее умилит.

— Ох, вот про елочку-то мы и забыли! — с поддельной горечью воскликнула мама. — Придется обойтись!

— Жаль... Впрочем, переживем.

— Надеюсь.

Макс набрал полную ладонь снега и размазал по лицу. Может, хоть от этого полегчает? Нет, все вокруг продолжало кружиться и прыгать, а мерзкая тошнота ползла все выше и выше по пищеводу. Его вывернет, это точно! Пусть сейчас, только не дома... Не хотел же, черт побери, портить родителям праздник! И опять развезло... Что он пил-то с этими хмыря-

ми? Не вспомнить уже, но гадость первостатейная! Опыта нет, польстился, дурак, на этикетку... Ой, все, сейчас стошнит...

Макс едва успел заползти за угол какой-то пятиэтажки... После он сел прямо на снег и попытался отдышаться. Хорошо, что темно, всего шесть часов, а уже ночь. Его никто здесь не видит, можно прямо тут и поспать чуток...

Эй-эй, нельзя этого делать! Сейчас же встать и идти домой! Покряхтывая и постанывая, Макс с трудом принял вертикальное положение.

— О, уже надрался. Вот быдло!

— Эти скоты даже праздник умудряются себе испохабить!

— Небось замерзнет насмерть. И не жалко таких!

— А одет неплохо, странно даже...

Макс отчетливо слышал разговор двух молодых женщин, спешивших куда-то мимо него. Куда-то... Праздновать, конечно! «Быдло, скот, но неплохо одетый — это я. Ну, и замечательно», — вяло подумал Макс и захихикал. Потом он сконцен-

трировался, сориентировался и направился к метро.

Рита и Гоша сидели за столом, на котором стояли лишь бутылка шампанского и два бокала. Гоша внимательно смотрел на жену: опять пустой, бессмысленный, без всякого выражения взгляд.

— Не думаю, что тебе можно сейчас пить, — тихо заметил он. — Ты ж на таблетках.

— А я и не рвусь, — медленно ответила Рита. — Сколько там времени?

— Десять.

— Еще два часа, — и она прикрыла глаза.

— Да черт с ним — ложись, не жди, — посоветовал Гоша.

— Нет, ну как же! — Глаза, некогда прекрасные и выразительные, вновь открылись. — Мы должны встретить этот замечательный новый год — год воссоединения нашей семьи. Ха. Ха.

Гоша опустил голову.

— Я все вижу и понимаю, не дурак. Не нужен я тебе, ты его любишь.

— Умоляю — заткнись! — горячо зашептала Рита. — Его нет! Не существует, умер! А если ты будешь говорить об этом, я… я не знаю, что сделаю!

— Успокойся, все, тихо! — Гоша ласково погладил жену по руке. — Все будет хорошо, вот увидишь!

Рита не могла не пить эти проклятые таблетки. Стоило ей немного отойти от их действия, как тут же в голове звучал голос Макса, вспоминались его слова, когда он примчался в тот день… Она слышала свой крик: «Я тебя ненавижу!» — и будто наяву видела его лицо в ту секунду: как должны были округлиться глаза, вздрогнуть брови и задрожать губы. Ей становилось нестерпимо больно, тоскливо, страшно до воя… Только таблетки — отупляющие, обволакивающие — спасали от этого кошмара. Иначе было не выжить.

Гоша… Гоша? Что — Гоша? Вот он, этот хороший человек, который сидит напротив и смотрит добрыми глазами. Да, он замечательный! И его надо любить. Надо! А кому надо, чтоб она его любила? Да

всем! Ване, ее родителям, родителям Макса, Юльке... Главное — Юльке! Ей просто дозарезу необходимо, чтоб она, Рита, жила с собственным мужем в счастье и здравии... Ну, разве не прелесть? А еще говорят, что нынче все равноду-ушные! Куда там... Все только и делают, что помогают жить. Причем жить правильно.

Вот тетя Сима. Чудо-тетя! Сколько Ритка к ней ездила, как они дружили! А прознав про Ритины дела, тетка тут же кинулась к Ольге Михайловне решать, что делать с племянницей-шалавой. Помирились они враз! На почве борьбы с развратом. «Это она что же — мною прикрывалась? Поездками ко мне?» — возмущалась тетя Сима. Не поленилась же, позвонила Ритке и высказалась. Попыталась опять же научить праведности:

— Ты, Ритуля, подумай о Ванечке. Понимаешь, это в твоей жизни должно быть главным. Если ты будешь всегда исходить из его интересов...

— Теть Сима, у тебя когда самолет? — грубо перебила ее Рита.

— Восьмого января, а что? — удивилась та.

— Вот и катись! Земля обетованная заждалась тебя! — впервые в жизни нахамила Рита. Она повесила трубку и пошла пить лекарство. Телефон заливался минут десять. Она отключила его. Ей теперь все равно, что про нее думают и что хотят сказать. Ваньку не отдают? Так она сейчас и не смогла бы заниматься сыном. Не в состоянии... Впрочем, опять же — все равно...

С работы ей позвонили. Сообщили, что шеф объявил рождественские каникулы. Теперь в офис выходить только девятого января... Но ей придется объяснить, почему она не появлялась и не давала о себе знать все последние дни...

— Объясню, причем в письменном виде. На фирменном бланке, — надерзила Рита и повесила трубку. Ну, хоть одна хорошая новость: ее пока не уволили.

— С Новым годом, муж! — Рита подняла пустой бокал и горько улыбнулась Гоше. — Ты прав: все будет отлично.

9-11636

...Рука немного дрожала, и Володя никак не мог правильно сосчитать количество упавших в стакан капель валокордина. Надо пятьдесят, что ли? А если уже больше? Наверное, ничего страшного. Четверть часа назад он, тайком от Люси, впервые тоже глотнул этой дряни — двадцать, приблизительно, капель. А что делать? Сердце ныло и трепыхалось, он сначала даже испугался — такого с ним прежде не случалось.

Люся даже не унюхала едкого запаха лекарства, хотя она такая всегда была чуткая ко всяческим ароматам. Как она выбирает туалетную воду в магазине — это ж спектакль! Истинный дегустатор: и на сгиб локтя капнет, и крышку от флакона поводит туда-сюда перед носом, и понюхает под разным углом, и выждет минут десять как минимум — продавцы озверевают. А ежели дома где-то чуточку пахнёт «не так», она квартиру вверх дном перевернет, но найдет и устранит источник неприятностей. В их доме царит вечный аромат легких духов и корицы, и это результат упорной работы Люсиного обоняния и фантазии.

А тут — не унюхала, не заметила такой запашище! Зато через некоторое время попросила:

— Вов, опять сердце жмет, накапай, пожалуйста, — и он поплелся на кухню, к пузырьку и стакану, которые даже не убрал...

Люся сидела в кресле, укутанная пледом, бледная и измученная. Володя старался держаться и всячески подбадривать ее, но у него это не очень-то получалось — все-таки Макс для него значил в жизни абсолютно все, наравне с Люсей. И с этим самым родным на земле человеком впервые происходило что-то такое ужасное, с чем он, здоровый, умный, преуспевающий мужик, не мог справиться. Прежде он всегда знал, что нужно делать, — и когда Макс сильно болел в пятилетнем возрасте, и когда в восьмом классе чуть не попал в милицию из-за драки, и когда парня сбил с толку местный наркоделец... Теперь же — хоть плачь...

Володя пытался анализировать ситуацию, но ничего не получалось, все разва-

ливалось под тяжестью эмоций и страха за сына.

— Как ты думаешь, — тихо спросила Люся, — то, что он сделал, исправить можно?

— Конечно, можно, — с преувеличенной бодростью ответил Володя. — Этот вопрос решается в полчаса! — «Если только Максим сам этого захочет», — мысленно добавил он. Володя знал своего сына и уважал за эту черту: решать все ответственно, по-мужски, держать слово и не метаться в истерике. Какого черта он сам так культивировал в нем это истинное «мужчинство»! Хотя, с другой стороны, отчего он сломался так быстро и круто? «Да пацан еще потому что, в сущности!» — сам себе отвечал Володя.

В десять раздался звонок в дверь.

— Это Юлька с Аськой, — сказала Люся. — Пришли встречать Новый год.

Стиснув зубы так, что на скулах заиграли желваки, Володя пошел открывать.

— С Новым годом, дедуля Вова! — зазвенел из прихожей Аськин голосок. Люся вся сжалась в своем кресле. Ведь

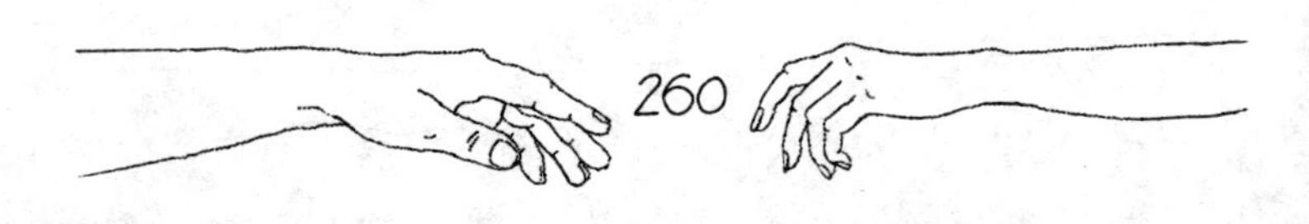

Юлька права: у девочки должен быть праздник.

Когда внучка влетела к ней в комнату, Люся нашла в себе силы улыбнуться, раскинула широко руки и воскликнула:

— А ну, ныряй ко мне, пупсенок! — и Аська с визгом бросилась в объятия к бабушке. — Иди в столовую, — прошептала она ей в ушко, — там под еловой лапой для тебя Дед Мороз подарки оставил.

Аська снова взвизгнула и спросила:

— А где дядя Мася? — и, не дожидаясь ответа, побежала в столовую, откуда через секунду уже донеслись «ахи» и радостный писк.

Юлька вошла к матери.

— А действительно, где Макс? Ты что, плохо себя чувствуешь? И чего это Володя сразу курить ушел? — Она улыбалась, была накрашена и принаряжена: кожаная мини-юбка, пушистый белый свитер и тяжелая золотая цепочка до пупа — все Володины подарки.

— Ты придуриваешься? — ответила вопросом на вопрос Люся. — У нас что, полный порядок и благодать?

— Да что случилось-то? — Юлька все еще улыбалась, хотя и неуверенно.

— Ты шла к своей цели упорно, — стараясь не повышать голоса, заговорила Людмила Сергеевна. — Ты молодец, своего добилась. Несмотря ни на что. И ни на кого. Целеустремленная девочка!

— Чего я добилась?

— Максим больше не видится с Ритой, они расстались. Благодаря тебе...

Юлька с трудом сдержала ликование.

— Но это же хорошо, мама, теперь все в порядке! Если он немного пострадает...

— Немного пострадает? — Людмила Сергеевна резко встала с кресла. Плед сполз на пол. — Пойдем! — Она больно схватила дочь выше локтя и буквально потащила ее к закрытой двери комнаты Макса. — Смотри! — Людмила Сергеевна толкнула дверь. Юлька вошла к брату...

Там был полный разор. Книги как попало валялись на столе, на полу, на подоконнике; весь пол был усыпан рваными бумагами. Юлька подняла одну из них — конспект институтской лекции. Рубашки, майки, трусы, носки — все вывалено из шкафа и тоже раскидано. Батик над кроватью с изображением корабля был порван в самой середине и висел косо. А на самой кровати, храпя как сапожник, в одежде спал Максим. В комнате стоял удушливый перегарный запах.

— Что это с ним? — задала Юлька глупый вопрос.

— Он мертвецки пьян. Уже третий день так напивается. Не знаю где. Перед тем как свалится, буянит. Ты видишь результат.

— Результат чего? Что это, мама? — от Юлькиного хорошего настроения не осталось и следа.

— Это? Твоя победа! Но ты еще не все знаешь, — голос дрогнул. — Он ушел из института. Сказал, что весной пойдет в армию. В армию, слышишь?! — вдруг закричала Людмила Сергеевна. — Он отказался от всего, о чем мечтал, чего ждал. Он не может больше быть с нами, вообще оставаться здесь, и ему все равно, что с ним произойдет дальше.

— В армию? — Юлькины глаза расширились.

— Я ему говорила: сынок, везде воюют, пожалей меня, я не переживу, нельзя этого делать, — Людмила Сергеевна почти плакала, глядя с нежностью на спящего пьяным сном парня. — А он ответил: никого не надо жалеть, даже родных. И еще: мне наплевать, война или нет, даже лучше, если война, я сам попрошусь туда, где война... — Она умолкла, не в силах больше цитировать эти ужасные слова. Некоторое время обе молчали, был слышен только храп. Потом Людмила Сергеевна заговорила вновь: — Знаешь, почему он так сказал про родных? Из-за тебя. Потому что ты никого не жалеешь. Когда много лет назад ты боролась за свою любовь, тебе было легче. Твоим врагом была всего лишь Вера Георгиевна, Ромкина мать. Через этого человека ты запросто переступила, и не один раз впоследствии. Ты ее уничтожила как класс...

— Ты меня за это осуждаешь? — поразилась Юлька.

— Я себя проклинаю за слепоту, — ответила мама. — А ты... Но мы говорим о

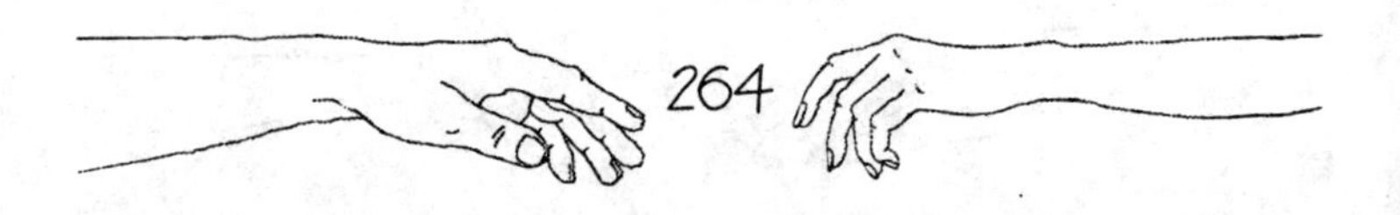

Максе. Так вот: он не смог через тебя переступить, тем более уничтожить. Он очень любит тебя, ты его сестра. И ты поставила его в ситуацию страшного выбора. Ведь ты — это не только ты, это и я, и вся наша семья. Так он рассуждал... А ты действовала профессионально! Слушай, где ты научилась всем этим изощренным гадостям, этим грязным коммунальным штучкам? Господи, наверное, такие «способности» даются от природы, так же как талант к рисованию или музыке! Как ты здорово все провернула! Рита прогнала Макса, выставила за дверь...

— Прогнала? — В глазах Юльки все-таки мелькнуло торжество, и это не укрылось от Людмилы Сергеевны.

— Довольна? Надо же, а я-то думала, что перспективы гибели брата на войне ты испугаешься больше, чем Риты Гавриловой.

— Ой, мам, — Юлька махнула рукой, — ты меня и впрямь почти напугала! Да никуда он не пойдет, ни в какую армию! Вернется в институт, перебесится и...

— Он не сдает сессию и уже забрал документы, — с нажимом процедил вошедший в комнату Володя. Он был очень напряжен, Юлькино присутствие действовало на него как катализатор всех злых чувств и эмоций. Вот она — виновница всего, собственной персоной, и глаз не опускает даже! — А если ты считаешь, что он просто бесится, то значит, совершенно не знаешь моего сына.

— И моего! — с вызовом заявила Людмила Сергеевна, бросив недоумевающий взгляд на Володю.

— Да, ты правильно меня поняла! — вдруг закричал тот. — Я безумно рад, что вот это, — он ткнул пальцем в Юлю, — не мое. Иначе я умер бы от горя и стыда! — И он буквально вылетел в коридор.

— Очевидно, умереть от горя и стыда остается мне, — прошептала Людмила Сергеевна и с ненавистью посмотрела на дочь. — Это из-за тебя он сейчас такой... Макс для него — все.

— Конечно, а я — ничто! — противным голосом подхватила Юля. — Я... как это называется... Ах, да — падчерица!

— Замолчи, — покачала головой Людмила Сергеевна. — Володя всегда любил тебя и заботился...

— «Любил» — в прошедшем времени, — заметила Юлька.

— И сейчас любит... Хотя чего ты хотела? Чтобы после всего этого мы стали любить тебя больше?

— Любил, любить, любовь! Сплошное «лю»! Как это надоело! И здорово же вы свалили все на меня! Не я виновата в том, что произошло, а она, Ритка! Я же говорила: эта связь обернется бедой для Макса, я предупреждала! Выбросит она его, твердила я, а Макс — мальчик впечатлительный и верный к тому же... Это она все! — Юлька пылала праведным гневом. Людмила Сергеевна потрясенно глядела на дочь.

— Ты, видно, совсем умом тронулась. Очнись, Юля, это твоя работа!

— Да нет же! — Юлька топнула ногой. — Это вы очнитесь, признайте, наконец, что я была права!

На их крики прибежала Аська. С печальным личиком и блестящими от слез глазками.

— Ну ведь праздник же! Зачем вы ссоритесь? Опять!

Взрослые виновато потупились.

— Ведь с Новым годом же...

«Прошла первая неделя нового года. Хотя по восточному гороскопу, который мы все восприняли, как родной, он наступит еще через месяц. Так что тянется пока хвост старого года, тащится из последних сил, вместе со всеми старыми бедами, проблемами... Этот хвост нам жизнь и портит, а мы ворчим: так, мол, надеялись на новый, он имени такого зверя замечательного, а поди ж ты! Опять все плохо! И грешим на новорожденного, и ругаем его с самого начала, даже до начала, и приходит он к нам уже обиженный, поруганный и потому мрачный и недобрый. Как и прошлый...»

Так размышляла Татьяна Николаевна, стоя у окна и глядя на бесконечный снегопад. Он шел давно, и казалось странным: как это до сих пор не засыпало дома по самые крыши? У Татьяны Николаевны случился отпуск: все ее «клиенты» уехали

с родителями на рождественские каникулы. «И у меня зимние каникулы, — думала Таня, — как во времена учительства. Много-много лет подряд в это же время...» Правда, тогда у них в школе проводились всякие мероприятия, и еще она с ребятами ходила в театр, часто, практически через день. Теперь же — настоящий отпуск, ничего не надо делать, никуда не надо ходить. Да и настроение не то. «Не мое дело, не мое дело», — заклинала свою совесть Таня. Плохо получалось! Не могла она никак выбросить из головы все, что узнала от Людмилы Сергеевны.

Татьяна Николаевна позвонила ей под предлогом поздравления со всеми праздниками сразу. И выслушала рассказ о материнском горе. Голос у Людмилы был совершенно убитый, она, кажется, даже плакала, хоть и изо всех сил сдерживалась.

— А... Юля? — робко спросила Таня.

— Я не знаю... Что — Юля? Наверное, в порядке, — неприязненно ответила Людмила Сергеевна, будто интерес к Юлиной судьбе — неправедный интерес. «Тоже не-

нормально, — подумала Таня. — Вдруг девочка переживает, вдруг ругает себя, накручивает?» Не выдержав сомнений, Таня отыскала в записной книжке Юлин телефон. Юля ответила будничным, совершенно спокойным голосом. Услышав ее «алло!», Таня успокоилась и повесила трубку. Что ж, значит, такой стала девочка Юля. Как там говорила Алена? «Выросли клыки»? Да уж, кусается Джульетта. Брата покусала и эту Риту Катаеву… Таня ее помнит: хорошая была девочка, умненькая, развитая, журналисткой хотела стать… Но видимо, клыков не отрастила, раз маленькая Юля так лихо с ней справилась.

«Не мое дело, не мое дело!»

А вдруг случится беда, которую можно было предотвратить? Два несчастных человека — Максим и Рита, и обоих, волею судьбы, она, бывшая учительница, знает. Да с кем беда? К примеру, с Ритой… «Не мое, черт побери, дело!»

Но пальцы уже нервно листали телефонную книжку — Ритин телефон придется искать по цепочке… «Глаза боят-

ся, а руки делают», — промелькнуло в голове.

Самолет улетал в два часа ночи. Вокруг шумел и дышал попкорном аэропорт Шереметьево. Такой фешенебельный и нездешний, он давил на психику тех, кто провожал своих близких... Если из России кто-то уезжает в другую страну на постоянное место жительства, то вступают в полные права слова «никогда» и «навсегда». При всех клятвах непременно ездить туда-сюда в гости. Да что там говорить!

— Идите, идите, — бормотала тетя Сима, слезы клокотали у нее где-то в горле, но она не давала им воли. Ведь она поступала правильно, правильно, и все у нее замечательно! — Идите уже, а то как до дому доберетесь?

Ольга Михайловна была растеряна и не знала, что говорить. «Приезжай к нам!» — сказано, «Все-таки зря!» — сказано, «Будь там счастлива!» — тоже, и не один раз. Действительно, легче уже уйти. И Ритка молчала все время, как немая.

— Ритуля! — ласково проворковала Сима. — Ты ужасно выглядишь!

— Хоть уезжая навеки, могла бы что-нибудь приятное сказать, — мрачно улыбнулась Рита.

— Родные мои! — Сима прижала руки к груди и больше не сдерживала слез. — Вы свои дела тут наладьте, умоляю! Рита, будь благоразумной! Олюшка, будь милосердной!

— Мое неблагоразумие вас помирило, — заметила Рита.

— Неисповедимы пути... Что ты хочешь этим сказать?

— Ничего... Успокойся, тетя Сима. Езжай с миром. Я благоразумна, как дельфийский оракул, разве не видно?

Ольга Михайловна с тревогой поглядывала на дочь: что-то они с отцом все-таки не так поняли. Из-за пустяковой интрижки и амурных похождений человек не срывается так. А Рита... На нее ж смотреть жутко: бледно-зеленое лицо, красные глаза, похудела сильно. Вот проводят Симу, и надо поговорить с девочкой, серьезно, по-доброму. Хотя, как вспомнишь

тот день имени розовой куртки! Ольгу Михайловну передернуло.

Рита посмотрела на часы:

— Ма, и вправду пора. Уже полдвенадцатого. Ночевать где будем?

Зарыдали, завыли сестры, бросились друг к другу, приникли и замерли. Рита исподлобья смотрела на эту скульптурную группу. В голове заиграло: «Я отдала тебе, Америка-разлучница, того, кого люблю...» Нет, тьфу, несуразица! Там речь о любимом мужчине и об Америке. А тетя Сима ждет рейса на Тель-Авив.

В метро, все еще всхлипывая и сморкаясь, Ольга Михайловна приникла к Ритиному плечу.

— Дочь! Я хочу разобраться. Все-таки что случилось, расскажи маме.

Рита помолчала, глядя прямо перед собой. Потом медленно произнесла:

— А тогда вам не хотелось меня выслушать?

— Ну, дочка, ты должна нас простить и понять! То был эмоциональный момент, мы психанули. Но ты же знаешь, мы с папой — твои друзья.

— А теперь, мама, говорить уже не о чем. Нет предмета. Все в порядке, я ведь уже докладывала. Послезавтра выхожу на работу, в выходные забираю у вас Ваньку. И все пойдет, как прежде.

— Ну, это же хорошо! Почему ты об этом так говоришь?

— Как — так? — Рита посмотрела на мать, и та поразилась пустоте ее взгляда. — Мне выходить. Пока. — Она стремительно встала и пошла к выходу, больше ничего не сказав, не чмокнув, как обычно, маму в щечку. Ольга Михайловна осталась сидеть в недоумении и тревоге... Рита вошла в квартиру и поняла, что дома никого нет — темно и тихо. Она пощелкнула выключателем в коридоре, потом в комнате. Та-ак! Нет большой пепельницы в виде ракушки на журнальном столике, сильно поредели ряды книг на полках. Повинуясь внутреннему чувству, Рита распахнула дверцу шифоньера. Так и есть! Нет Гошкиных костюмов, рубашек... Ушел.

Опять же инстинктивно Рита подошла к письменному столу, на котором они

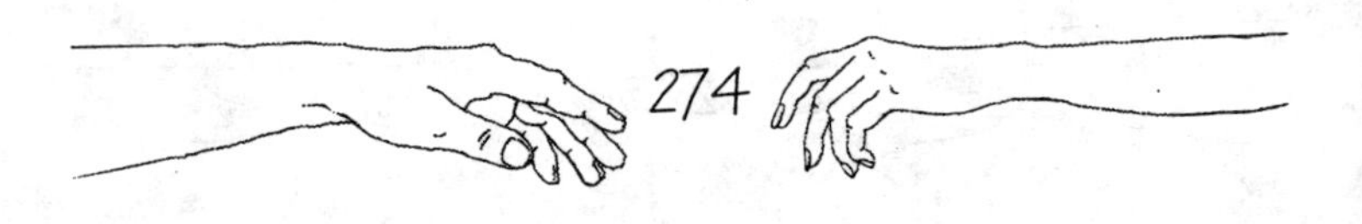

обычно оставляли друг другу записки и хозяйственные поручения. Интуиция ее не подвела: на столе лежало письмо. Мелкий Гошкин почерк.

Рита взяла в руки вырванный из тетради в клетку двойной листочек.

«Милая Рита! Не могу я больше видеть, как ты мучаешься. Я давно знал, что твоя любовь ко мне затерялась где-то лет пять назад. Но мы ведь жили, и неплохо... Хотя какое там! Ты мучилась, я знаю. Но и мне было не сладко, поверь. Теперь я увидел, как ты можешь любить. Честное слово, мне стало страшно, что ты умрешь от любви к этому мальчишке... Прости, что я так написал! Я знаю, ты невысокого мнения о моих умственных и душевных качествах — я ведь не той породы собака... Поэтому мои слова о разделе квартиры и имущества ты приняла, как должное — иначе и не мог поступить выходец из семьи «простейших». А я так и не хотел вовсе, поверь! Я просто цеплялся за тебя из последних сил. Глупо... Как я понял, квартирный вопрос для вас на сегодняшний день — главный. Я уезжаю к своим.

Пусть он перебирается к тебе. Но вот мой совет, если, конечно, ты захочешь его принять: пусть твой Максим постепенно, хоть через сколько-то лет, все же выплатит, скажем, треть нынешней стоимости квартиры. Не мне, разумеется, я отдам эти деньги своим родителям... Это будет нужно и тебе, и ему, твоему мужу. Если он настоящий мужик. Но другого ты бы и не выбрала, верно?

И последнее: пока ты провожала тетю Симу, я позвонил твоему отцу и за полтора часа все ему объяснил и рассказал. Ты можешь успокоиться, твои предки больше не будут тебя мучить. Мне кажется, он все понял и в конце моего длинного монолога даже пустил слезу от жалости к тебе. Его слова, цитирую: «Какие мы все-таки идиоты. Когда же мы научимся слушать друг друга». По-моему, звучит оптимистично.

Ваньку я хочу видеть часто, надеюсь, нет возражений? Через некоторое время я тебе позвоню. Успокойся и живи хорошо.

Гоша.

P.S. Захватил некоторые вещи, типа любимых книг и пепельницы — мои не

курят, ты же знаешь, и тебе она без надобности. Официально все оформим, когда скажешь. Будь!»

Прочитав письмо трижды, Рита все никак не могла ухватить смысл происшедшего: она теперь свободная, одинокая женщина? Или это новый шанс для них с Максом? Мысли путались, сталкивались друг с другом, сбивались. Пока, наконец, не вытолкнули из себя одну, главную: это все бессмысленно и бесполезно. Потому что есть норма, нормальная жизнь, благоразумие и, самое важное, Юлька. Рита даже засмеялась: «Господи, квартира! Это же проблема номер десять. А номер один — вечная преграда, крепость, непреодолимый барьер из колючей проволоки и под тысячным напряжением — Юля...»

Рита положила письмо обратно на стол и пошла переодеваться. Сегодня уже поздно, а завтра она позвонит Гоше в дом его родителей и скажет, чтоб возвращался.

Пора пить реланиум.

Из глубокого, липкого, какого-то звенящего лекарственного сна Риту выта-

щил телефонный звонок. «Какого черта я его не выключила?» — тоскливо подумала она. Глаза упрямо не желали разлипаться, таблетки делали свое дело на совесть. Почти ощупью Рита добралась до телефона. Чудеса продолжались — звонила Татьяна Николаевна, учительница литературы из школы. Или это бред и галлюцинация?

— Нет, Рита, не удивляйся, это на самом деле я. Как ты?

— В смысле? — Как же хочется спать!

— Ты извини, но так получилось, что я в курсе дел.

— Каких?

— Твоих. И... Максима, брата Юли.

Риту будто ударило легким зарядом электричества, и голова ее проснулась. А вот глаза все равно не желали открываться. Но так даже легче было разговаривать, все происходящее казалось нереальным, а потому менее болезненным.

— Она уже общественность моей бывшей школы на ноги подняла? Размах... Успокойтесь, Татьяна Николаевна, все

уже кончилось. Я виновата, исправлюсь. Я вернулась в семью, к мужу. Все?

— Я совсем не поэтому... — Вообще-то свою миссию можно считать оконченной, с Ритой все в порядке, все живы и дома... Но Максим? С мальчиком-то беда... — Рита, мне кажется, тебе не безразлично то, что происходит с Максимом... — и Татьяна Николаевна рассказала ей все, горячо и взволнованно, чувствуя себя по-дурацки (все-таки лезет не в свое дело) и в то же время ощущая какую-то непонятную ответственность за всех этих... детей. Конечно, детей, ведь Рита и Юля — ее ученицы, а уж Максим совсем ребенок, даже по возрасту. «Мне больше не о ком заботиться», — печально екнуло сердце. Что ж, пусть так...

Рита молчала. Таня не выдержала этой паузы.

— Даже если он тебя больше не интересует...

— Я не знаю, почему должна вам это говорить, — вдруг медленно заговорила Рита, — но я люблю его больше всех на свете. Я люблю Макса, как вы верно за-

метили, брата Юли. Я уже не девочка, Татьяна Николаевна, хотя, возможно, вам трудно это себе представить, и в моей жизни было и хорошее, и плохое, была семья, есть сын. Но я ничего этого не помню. Я родилась в тот день, когда встретила Макса. Теперь это все кончилось. И я просто умерла. Вы разговариваете с трупом, Татьяна Николаевна!

— Но ты же сама выгнала его! — закричала Татьяна Николаевна, Таня, Танечка, не учительница вовсе и не пожилая женщина, а девочка, которой нужно, просто необходимо, чтобы фильм, книга закончились хорошо, чтобы влюбленные были вместе. — Как же ты могла? Зачем?

— Вы, простите, всего не знаете...

— Увы, я все знаю! Я понимаю твой ужас, твою боль. Но я не понимаю, отказываюсь понимать, как можно было так просто выгнать любимого человека?

— Черт... Да у нас не могло быть ничего реального, поймите вы! Да с какой стати...

— Ты помнишь, что я тебе сказала: он бросил институт, собирается в армию, беспробудно пьет. Разве это не пугает те-

бя больше, чем все ваши трудности, чем Юля?

— Больше, чем Юля, — усмехнулась Рита, — может напугать только атомная война...

Они мчались по Никитскому бульвару друг навстречу другу сквозь снег, не замечая людей и вспархивающих из-под их ног голубей. Бежать было трудно, словно во сне, потому что снег, как водится, не убрали, и даже на пешеходных дорожках лежали сугробы. Он летел от «Арбатской», она — от Тверского. Лица у обоих были испуганные, как будто они опаздывали на самый последний самолет, улетающий туда, где им надо быть непременно, иначе случится непоправимое. Потому так отчаянно вскидывались руки при очередном снеговом препятствии, потому на глаза наворачивались горячие слезы, мешающие, мешающие разглядеть, кто там, за снегом, за этими идущими куда-то людьми? Это он? Нет, не может быть, этот идет слишком спокойно и неторопливо. Она? Нет, эта села на скамейку и

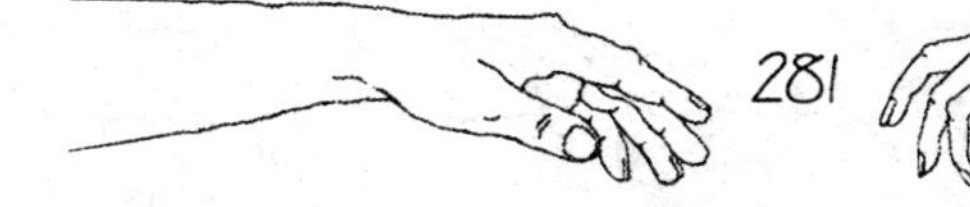

что-то ищет в своей сумке... Снег, сумерки, слезы, а вдруг я не заметил? Вдруг я пробежала мимо?

Они упали друг другу в объятия и обнялись так сильно, как только могла позволить зимняя одежда.

— Я идиотка, я дура, я ненормальная, — плакала Рита.

— Не надо! Это я кретин распоследний. Я заслужил все это, — и опять ему пришлось слизывать ее слезы, градом катившиеся по щекам.

— Ты не посмеешь! Ты не посмеешь уйти от меня! — Она вдруг схватила его за плечи и начала встряхивать и говорить требовательно и строго. — Теперь все: глупости свои забудь! Завтра ты переезжаешь ко мне. Послезавтра знакомишься с Ванькой...

— Разве так правильно? — шептал он, глядя в ее глаза, которые жили, светились. — А вдруг он меня не примет?

— Этого нс может быть, — убежденно ответила Рита. — Он очень хороший человек и принимает всех, тем более что мне он доверяет. Но...

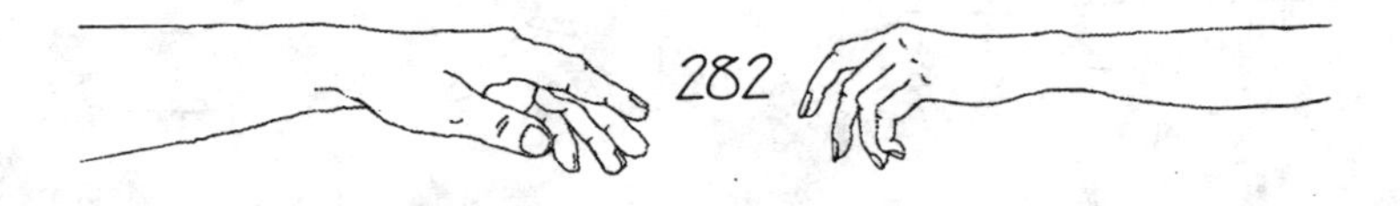

— Что... но? — испугался Макс.

— Юлька... — еле слышно сказала Рита.

— Рит... Тут есть одна идея. Правда, не моя, мамина. — И он рассказал ей...

...Макс, как обычно, лежал на своей кровати, созерцая потолок. Вид у него был еще тот: синий цвет лица, темные круги вокруг глаз, горькая складка у рта, которая взрослила, вернее, старила его лет на десять. Кудри в беспорядке, грязные, на щеках — трехдневная, как минимум, щетина. И пустой взгляд в одну точку.

Дверь в комнату распахнулась. На пороге стоял отец с радиотелефоном в руке. Из-за его плеча выглядывала мама, нервно хрустя ухоженными пальцами.

— Мася! — ласково сказал папа. — Возьми трубку!

— К чертям собачьим, — спокойно ответил тот.

— Мася, сынок, это Рита, — громко шепнула мама.

— Что? — Он приподнялся на локте и уставился на родителей. — Кто? — И он со страхом покосился на телефон.

— Это Рита! Она сказала: мы идиоты, мы сами убиваем любимых людей...

Макс одним прыжком подскочил к Володе и вырвал трубку из его рук. Больше он ничего не видел, а ведь Володе пришлось подхватить маму на руки и отнести на диван — ноги ее не держали...

Потом Макс выскочил из комнаты и бросился в ванную. Там он проторчал с полчаса, все время напевая арию тореадора. Когда же он вышел, свежий и благоухающий, взгляд его снова был мрачен. Исподлобья взглянув на родителей, он процедил:

— Как бы скрыть все это от сестры? Опять ведь что-нибудь удумает!

И тут Людмила Сергеевна предложила решительно:

— Уезжайте куда-нибудь. Недельки на две. Я возьмусь за нее, вправлю ей мозги, чего бы это ни стоило.

— А если не получится? — с сомнением спросил Макс.

— Я еще пока ее мать, — твердо ответила Людмила Сергеевна. — Уж как-нибудь справлюсь.

Справедливости ради надо отметить, что она совсем не была в этом уверена. Но сейчас важно другое: Макс приходит в норму, и это надо закрепить. Так или иначе. Правдой или неправдой, не имело значения.

— Только ты мне обещай, — горячо заговорила Людмила Сергеевна, — что ты вернешься в институт и оставишь свои глупости!

— Мама, я клянусь! — Макс торжественно прижал руки к груди. — Был дурак, исправлюсь. Раз она меня любит... Йяха! — И он подпрыгнул в каратэшном прыжке, прямо из него налетел на мать и крепко обнял ее. «Совсем мальчишка! — удивилась Людмила Сергеевна. — Как эта женщина за него замуж собралась?»

— Давайте решайте, куда поедете, — повторила свою идею Людмила Сергеевна.

— Мы от Юльки спрячемся, спрячемся... Стой! Кто идет? — таинственно зашептал Макс, согнулся и сделал вид, что крадется.

— Прекрати дурачиться! Я серьезно! Володя, — обратилась она к улыбающе-

муся мужу, — сделай им путевки на Кипр, что ли...

— Э, нет, — Макс моментально стал серьезным. — Мои дорогие родители! Этот вопрос мы решим сами, на свои средства. Мы уже большие мальчик и девочка.

— А сколько у вас «своих»? — поинтересовался Володя.

— На побег хватит, — бодро заверил их Макс, прекрасно знавший, что за две недели шатаний по городу и крутых попоек он остался практически на нуле...

Все-таки сильно подморозило. Рита и Макс вынуждены были нырнуть в ближайшую кафешку, чтоб не замерзнуть насмерть. То была абсолютно несовременная, немодерновая, видимо, никем не приватизированная типично советская сосисочная. Они даже засмеялись, увидев грязноватые столы-стойки, мокрые ложки-вилки (не ножи!) в сером пластмассовом поддоне, огромный металлический чан с «кофе» и грузную, мрачную тетку в грязном белом фартуке за кассой.

— Ух, ты! — восхитился Макс. — Экзотика!

Рита с нежностью взглянула на него.

— Малыш! Я все студенчество в таких обедала. Тебе тогда было…

— Молчи! — Он закрыл ей рот ладонью. — Эта тема исчерпана. Ты меня доведешь, ей-богу, я паспорт подделаю.

— Лучше я! — засмеялась Рита. — Только шестерка на семерку не переделывается.

— А на восьмерку? Запросто!

— Это ж сколько мне тогда? Ой, я несовершеннолетняя еще! А тебе уже исполнилось восемнадцать, тебя посадят за растление!

Так они весело болтали, выбирая на раздаче какие-то салаты, бульоны, соки… Потом, за столиком, прижавшись друг к другу, они тихонько обсуждали ближайшее будущее; дальше заглядывать пока не решались и осторожно, как саперы на разминировании, обходили острую тему.

— Насчет уехать, — задумчиво говорила Рита, — это здорово бы! Только вдвоем,

далеко от всех... Слушай, ты выглядишь, как покойник! Ты меня прямо испугал своим видом.

— Я сам себя каждый день в зеркале пугал, — глухо ответил Макс, вздрогнув при воспоминании о последних неделях. Нет, даже не воспоминании: все тонуло в каком-то угаре, слезах, запахе водки, боли в затылке... Этих дней просто не было, они вычеркнуты, убиты. Что же было? «Горе, — отвечал он сам себе. — И еще ужас и отчаяние. Вот как они выглядят. Для меня, по крайней мере. А я, оказывается, легко ломаюсь».

— Знаешь, — сказал он вслух, — я, оказывается, легко ломаюсь. Стыдно признаваться, но я сопляк.

Рита с силой сжала его руку.

— Нам надо быть вместе. И тогда мы будем сильными, никто и ничто нас не победит... Но давай о деле...

— Да, — оживился Макс. — О деле. Дело-то плохо: я нынче на бобах. Конечно, я мог бы занять...

— Погоди! Сколько у тебя бобов? У меня ведь тоже кое-что есть...

И они стали подсчитывать деньги, оставшиеся от накоплений Макса и Риты.

— И что мы можем на эту сумму? — печально спросила Рита, когда вся арифметика была завершена.

Макс хмыкнул:

— Два билета на поезд в Питер и обратно и максимум дней пять в очень средней гостинице. Без удобств. Фе!

— Кошмар, — констатировала Рита. — Хотя Ленинград... Питер — замечательный город. Представляешь, я там никогда не была. И всегда мечтала...

— Значит, Питер! — твердо решил Макс.

Людмила Сергеевна приводила себя в порядок, восстанавливалась по частям после долгих дней кошмара. Она с упоением красила волосы новой крем-краской, делала всякие маски и примочки для лица, массировала шею. «К косметичке — потом, завтра или послезавтра. Сегодня — сама, в моем замечательном доме, в моей любимой ванной! Ах, вы, мои дорогие мисочки, ваточки, кисточки! Как я

10-11636

люблю вас всех!» Тихонько мурлыкал магнитофон, в комнате Макса царил образцовый порядок, мир и покой вернулись в их красивую квартиру. Люся гнала от себя одну-единственную мрачную мысль... Но та не отгонялась. «Я обещала ему обуздать Юльку. Как? Что я должна сделать? Как вообще говорить с ней? Ведь все уже тысячу раз сказано. Но ладно, ладно, не сегодня, пусть завтра с утра эта проблема встанет в полный рост. Сегодня надо расслабиться». Люся вытянулась на диване, положив ноги чуть выше, на подушечки. На лицо была намазана грязевая маска, самая полезная, очищающая, омолаживающая... Из сладкой полудремы ее вывела мягкая трель телефона.

— Алло! — Как бы не запачкать трубку? — Да, Мася! Останешься у Риты... Хорошо, спасибо, что предупредил! Что вы решили? Куда? — Под коричнево-зеленой маской кожа ее стала почти белой. — В Ленин... то есть в Петербург? А почему туда? А... Понятно... Знакомых? Нет, у меня нет... Впрочем, погоди! — Люся так разволновалась, что заходила с телефо-

ном по комнате. — Я кое с кем поговорю. Позвони мне завтра утром. Не за что, я ничего не обещаю. Ладно, пока. И... поцелуй от меня Риту... Я тоже люблю тебя, Мася!

Маска еще не досохла, а Люся уже бросилась в ванную смывать ее. То, что пришло ей в голову, надо провернуть до прихода Володи, чтобы он лишний раз не дергался. А то за последние недели ее «молодой» муж здорово сдал...

Еще промокая лицо мягким полотенцем, Людмила Сергеевна уже нажимала кнопки телефона. Единственный человек, к которому в этой ситуации не стыдно обратиться, кто в курсе всего и, кроме того, имел в Питере хороших знакомых, — это Татьяна Николаевна, бывшая учительница...

Да, у Тани в Петербурге была одна знакомая. Людмила Сергеевна помнила, как пару раз слышала от Алены: мол, Танечка опять в город на Неве подалась к своей одинокой подруге, снова училку в Эрмитаж потянуло, ха-ха. Непременно — ха-ха! Для Алены ехать в Питер ра-

ди Эрмитажа — блажь! Занятие для бездельников. «Это могут, имеют право позволить себе богатые старые дамы с нажитым или оставшимся от мужа состоянием. Но тратить последние деньги на... черт знает на что! Просто стыдно даже! Ехать в Эрмитаж с голой задницей...» Люся только рукой махала на Алену: безнадега! Дай Бог, чтоб ее, Аленины, дети ездили в Петербург просто так, ради Эрмитажа, чтоб они были не «с голой задницей», пусть она им на это заработает. И тогда простятся ей все ее сегодняшние глупости и дикости. Так думала тогда Люся. Сейчас она старалась не вспоминать про Алену, ибо та нынче... Это тоже очень больно... Кстати, как ее теперь в доме принимать? Может, у нее хватит ума больше сюда не приходить, несмотря на дела? И не звонить. Но ведь для нее бизнес — превыше всего... Ох, не о том сейчас... Люся постучала кулаком по лбу.

— Татьяна Николаевна, простите Бога ради, что я к вам... Но вы, кажется, на нас обречены, — и она смущенно рассме-

ялась, а потом рассказала о последних событиях. Она не знала, не ведала, какую роль сыграла Таня в резком их улучшении, и потому не благодарила, а просила. — Конечно, сейчас нет проблем с гостиницами, были бы деньги, но вот их-то у ребят и нет... А у нас они брать не хотят. А эти дешевые отели, ну вы же понимаете... Они готовы заплатить за проживание каким-нибудь знакомым, но у нас в Ленин... ох, прости Господи, в Петербурге, нет никого...

Татьяна Николаевна слушала Люсю и, с одной стороны, чувствовала громадное облегчение от того, что этот узел развязался, а с другой... Опять Ленинград, опять почти те же действующие лица. Мистика... И словно вторила ее мыслям Людмила Сергеевна:

— Вот, представьте, снова этот город. Мы ходим по какому-то заколдованному кругу. Я не знаю, почему они так решили, но Макс меня просил...

— Хорошо, Людмила Сергеевна, я поняла, — перебила ее Таня. — Вы правильно сделали, что позвонили мне, у меня

есть там подруга. Я ей позвоню. А потом сообщу вам.

Некоторое время Таня собиралась с мыслями. Да, она ездила иногда в Питер...

Когда много лет назад с Романом Лавочкиным случилось несчастье и его семья заметалась между Ленинградом и Москвой, когда все было так мрачно и страшно, однажды после занятий на пороге класса, где Татьяна Николаевна пыталась сосредоточиться и проверять тетради, вдруг возникла худенькая девушка, ужасно бледная и зареванная.

— Это я виновата во всем... Пусть меня судят, — прошептала она и вдруг села прямо на пол, полностью обессилев. Таня кинулась к ней, захлопотала...

Потом они сидели за партой, и Аня Федорова, Анна Леонидовна, молодая учительница, в класс которой попал Роман в Ленинграде, говорила и говорила:

— Я все знала, я же все знала! — Она захлебывалась в слезах, казалось, вот-вот она умрет от обезвоживания организма. — Я решила, что они, родители, бабушка, правы, и теперь я соучастница.

— Какая соучастница? Что вы несете? — тоскливо спрашивала Таня, не особо жалея Аню Федорову. За глупость, прежде всего. Но соучастница — это слишком. А та упрямо трясла головой:

— Это преступление! Мы все убийцы!

Тогда Татьяне пришлось приютить учительницу из Ленинграда. Приютить и утешать. Иначе Аня могла бы сорваться всерьез. Ведь нигде она не нашла бы не то что сочувствия, но даже простого понимания. Вообще не исключено, что на нее могли навесить всех собак, попытаться свалить вину. Причем и одна сторона, и другая. Это было бы вполне в духе советских людей — найти крайнего. А что? Не родня, молодая, училка к тому же... Для Юлькиной стороны она конечно же соучастница. Для Лавочкиных — никудышний, все проваливший соратник. Именно потому Татьяна и притормозила Анин порыв идти ко всем по очереди и каяться, просить прощения, посыпать голову пеплом. Анна Леонидовна отсиделась, отплакалась, отпереживалась в Таниной квартире. И на-

всегда осталась ей благодарна. «Танечка, Танюша, если когда-нибудь, если что-нибудь... Я для вас — все, вы для меня — все!» — и плакала, и чуть не в ноги валилась, чего Татьяна Николаевна, естественно, не допускала. В конечном счете они подружились. Да, кстати, из учительниц Аня Федорова ушла. Не посчитала себя вправе работать с детьми после всего этого. Татьяна молча ее в этом одобрила.

Личная жизнь Ани Федоровой тоже не задалась: дважды она выходила замуж, оба раза неудачно. В результате всех этих перипетий Аня осталась одна в маленькой двухкомнатной квартире в новом районе Питера, небогатой, украшенной исключительно книгами и настоящими, освященными иконами.

Так и дружили две бывшие учительницы, две одинокие женщины, иногда ездили друг к другу в гости и старались не вспоминать те трагические события, которые их свели. Им и без того хватало тем для разговоров. Третьяковка, Исаакий, Пушкинский музей, Эрмитаж — вот то, что лечило их души, чувства, делало жизнь осмысленной и прекрасной. А такая дружба дорогого стоит, нечасто бывает...

И никто не знал — ни Алена, ни Людмила Сергеевна, с кем в Питере дружит Татьяна Николаевна, к кому она ездит «ради Эрмитажа».

После разговора с Татьяной Николаевной Люся с ногами забралась в кресло и зарылась в свой плед. Ее обуревали сомнения. «Меня упрекали, и не единожды в последнее время, в попустительстве — ну и словечко! — Юлькиной любви. Она же и упрекнула... Зато тогда я была хорошей, а Вера — монстром. Теперь все поменялось. Так что я делаю сейчас? То же самое: я — хорошая, Юлька — плохая... Что мне скажет Макс лет через десять? Может, я должна была встать плечом к плечу с дочерью и не допустить...» — Люся закрыла глаза и попыталась представить себе, как она борется за сына, как спасает его от этой женщины, как вместе с Юлькой строит коварные планы... «Смешно и мерзко! Как ни назови: материнская любовь, трезвый взгляд, мысли о будущем — все равно мерзко! И не буду я никогда играть в такие игры, пусть через десять лет окажусь не права, хоть тысячу раз не права! Зато я всегда буду знать: я никогда не сделала ничего такого, чего делать нельзя. Надо посмотреть, какие там библейские заповеди, не помню что-то... Есть ли там такая: не лезь в чужие дела, даже если тебе кажется, что ты имеешь на это право? Если нет, то очень странно... И я должна объяснить это Юльке, должна, только вот как? А Макс... Нет, он никогда не упрекнет меня, у него в жизни есть много чего помимо любви... Просто без любви все теряет смысл, краски... Вот! Я поняла! Но... Тогда получается, что жизнь Татьяны Николаевны, к примеру, бессмысленна и бесцветна? Господи, да что я про нее знаю? Что мы вообще друг про друга знаем? Ничего я не поняла. Наверное, я дура. Ну и пусть. Зато мне есть над чем подумать. А будь я умной, я бы все уже поняла. И было бы не так интересно», —

Люся засмеялась от этой парадоксальной мысли: дурой быть интереснее!

Реакция Ани Федоровой оказалась неожиданно эмоциональной:

— Ой, Танечка, о чем речь! Конечно, пусть приезжают и живут, сколько хотят! Надо же, гонимые влюбленные, и в наше-то прагматичное время! А я поживу у сестры. Нет-нет-нет, ни слова, Танечка, я сама так хочу! Пусть побудут одни... Ну и что, что две комнаты... Какие деньги? Никаких денег, даже слушать не стану! Позвони, когда их ждать...

Санкт-Петербург встретил Макса и Риту промозглым ветром и мокрым снегом. Они стояли на вокзале с чемоданом и большой сумкой и пытались на ветру развернуть бумажку с адресом. Ребята смеялись: бумажка все время норовила свернуться обратно пополам, и они никак не могли с ней справиться — его пальцы в кожаных перчатках и ее, вообще скованные варежками, были беспомощны против питерской непогоды. Наконец Макс решительно снял перчатки и победил.

— Замерзнешь! — нежно сказала Рита, поглаживая его руку.

— Едем поскорее, любовью согреемся! — сверкнул улыбкой Макс, прочитав адрес и подхватывая Риту под руку.

Квартирка была маленькой, чистенькой, ухоженной, все стены от пола до потолка — в книжных полках.

— Мне здесь нравится! — улыбаясь, сказала Рита, обходя владения.

— А ты заметила, как посмотрела на нас эта дама, соседка, когда ключи давала? — спросил Макс, ставя чайник на плиту и включая газ.

— Как?

— Надо будет ей цветы подарить... Таким хитрым глазом, таким блудливым взглядом! Просто мадам из дома терпимости!

— Серьезно? — засмеялась Рита. — А я ее и не заметила. Я все дверь рассматривала. Наше с тобой первое пристанище... Хоть на две недели. Только наше. И наши две недели.

— Обычные зимние каникулы, — улыбнулся Макс. — Хотя я их не заслужил...

Рита нахмурилась.

— Ой, не напоминай мне про это...

— Ритулька, ты чего? Я ж говорил: все нормально, обо всем договорено, вернемся, я тут же восстановлюсь окончательно.

— Тебе дадут сдать сессию?

— А то? Я ж отличник, можно сказать, гордость курса. Знаешь, как они обрадовались, когда я обратно документы принес? Чуть не расцеловали меня! Так что я ошибся, сам себя поправляю: я заслужил эти каникулы.

— И я... Удивительно, но меня так легко отпустили. По-человечески...

— Как же... — проворчал Макс. — Откусили от летнего отпуска...

— Ну и что? За свой счет ведь теперь не дают, да и нам с тобой это невыгодно... Могли вообще не пустить!

— Ну, не идиоты же они, чтоб такого ценного работника терять...

— Я ценный работник! — Рита показала ему язык.

— Ты ценный работник... — Он нежно обнял ее и поцеловал. — Ты — самый ценный! — Рита закрыла глаза, обняла

его и крепко прижалась к сильной груди. Засвистел чайник, Макс выключил газ, подхватил любимую на руки и понес в комнату. Закружилась карусель, зазвучала музыка, все было красиво, как на картине: белое, нежное тело рядом со смуглым, мускулистым, огромные темно-серые глаза, прекрасные, чуть прикрытые в истоме веками, и страстные, цыганские глаза-вишни, поблескивающие в сгустившихся сумерках. Рите нравилось наблюдать все это как бы со стороны. И еще: ей было так спокойно и радостно здесь, в этом чужом, милом доме, в другом городе; отсюда все московские неурядицы виделись такими легко решаемыми! С Юлькой она договорится. Она непременно полюбит ее как сестру. И добьется если не любви ее, то хотя бы дружбы. Юлька — такая маленькая, бедная, одинокая крошка! Ей просто надо помочь. Помочь начать жить! Господи, как все будет замечательно: она ей поможет найти работу, познакомит со всякими людьми, они подружат детей и вместе поведут их в дельфина-

рий. Почему-то подумалось: именно в дельфинарий! И Юлька станет веселая и милая, как когда-то. И зуб они ей вставят...

А главное: она, Рита, вернется в журналистику. Теперь ее никто не съест. Она пойдет на одно, другое, третье радио и добьется своего — пусть не сразу, пусть сначала ее не воспримут всерьез, все — пусть! Она пойдет хоть репортером на двухминутки, но непременно будет работать на радио!

— О чем ты думаешь? — Она увидела над собой удивленное лицо Макса. — Ты где?

Она притянула его к себе и уткнулась лицом в горячее плечо:

— Я с тобой и думаю только о тебе...

— Где Мася? Где Маська?

Людмила Сергеевна внимательно смотрела на вопрошающую дочь, не пожелавшую даже раздеться, так и оставшуюся на пороге в своей розовой стеганке. Кулачки сжаты, подбородок гневно приподнят, а в глазах-то — страх. Страх нашко-

дившего, но отнюдь не раскаявшегося щенка, маленького такого, который смотрит испуганно снизу вверх и норовит тяпнуть.

— Вчера ты по телефону сказала, что его нет и не будет. Что это значит? — даже губы у нее задрожали.

— Что ж ты не пожелала меня выслушать сразу, трубку бросила? — Людмила Сергеевна старалась говорить спокойно.

— Я сразу же стала звонить этой...

— Вот как?

— До ночи звонила. Там нет никого! Где Мася? Или... где они?

— Вот, правильно мыслишь! А теперь разденься, пойдем с тобой спокойно все обсудим, — и Людмила Сергеевна протянула руку, чтобы помочь Юльке снять куртку. Та отпрыгнула от матери и даже передернулась.

— Не трогай меня! — зашипела она, и злые слезы покатились по бледному, измученному лицу. — Наша мама опять на высоте — покровительница всех влюбленных! А я-то, дура, придумала, что ему сказать, чтоб он глупостей не делал!

— Ни черта ты не придумала! — не выдержала Людмила Сергеевна и тоже закричала: — Ты просто испугалась, что что-то случилось! А теперь резко успокоилась и опять за свое! Тебе мало того, что было?

— Зато ты у нас святая! — Юлька затрясла сжатыми кулаками перед лицом матери. — Сосватала, свела, случила! Отдала сына старой бабе за бесплатно...

Звонкая пощечина прекратила словесный поток. Впервые в жизни Людмила Сергеевна ударила Юльку. Дышать стало трудно, она закрыла глаза. Тоненькая игла медленно вошла ей в сердце.

Юлька схватилась за лицо и расширившимися глазами смотрела на мать.

— Ну, вот так, — переводя дыхание, тихо сказала Людмила Сергеевна. — А теперь послушай: они уехали на две недели. От тебя подальше. Хотела я тебя пожалеть, но ты того не заслуживаешь. Они в Санкт-Петербурге — это тебе что-нибудь напоминает? Твой брат Максим готов был сбежать от любимой сестры на край света, но по стечению обстоятельств вы-

брал этот город. Только на сей раз людям действительно пришлось спасаться — от тебя, Юля. Хотя бы пару недель они смогут пожить спокойно, без сестринской опеки. А ты должна решить: либо ты за это время перебесишься, либо против тебя встанем мы все. Хоть ты и моя дочь и я люблю тебя, ты не оставляешь мне выбора. А теперь уходи. Я не хочу тебя сейчас видеть.

Все еще держась за лицо, Юлька молча развернулась и ушла. Людмила Сергеевна на ватных ногах добралась до кухни и взялась за валокордин. Хотя больше всего на свете ей хотелось умереть. Спасать свое сердце было совершенно нелогично... Рука дрогнула, и пузырек вывалился из резко похолодевших слабых пальцев... Женщина медленно осела на пол, все еще размышляя, надо ли спасаться, когда не хочется больше жить?

Задумчивый Рамазанов вышел из незнакомого ему прежде воронцовского супермаркета, держа в руках два пакета. В этот район его занесла нелегкая

коммерсантская судьба. Ну и озадачил же он сам себя! Совершенно машинально вместе с необходимыми для жизни продуктами он купил кофе «Амаретто» и бутылку «Киндзмараули» — все то, что обожала Алена и всегда просила при случае купать. Ну, а сейчас-то он зачем это сделал? Причем дошло до него это уже у кассы, когда расплачивался. Значит, автоматически, привыкнув за столько лет, он взял Аленины любимые напитки... Дурь, бред!

Сашка побрел к своему джипу. Кинув пакеты на заднее сиденье, он посмотрел на себя в зеркальце заднего вида и вслух спросил:

— Я что, страдаю?

Так нет же! Страдание — это что? Это когда скулишь, руки опускаются, жить не хочется. А у него? Сплошные удачные сделки, новая квартира — как конфетка, ее лизать хочется, такую белую, сахарную, звенящую... Подружка новая, Лолка — супердевочка, в казино танцует. Дура, правда, а зачем ему умная? Зато свеженькая, молоденькая, нежная, сексуальная до одури.

— Е-мое! — простонал Сашка, вдруг ощутив жуткую тоску. Да что же это получается, он таки страдает? По Алене? С какой стати? Разве была любовь?

Любовь. Забытое слово. У Алены вот любовь до гроба к Ромке. У Максима любовная драма с этой... Катаевой Риткой из параллельного. Счастливые, козлики! А вот он уж и не помнит, как это — любить и быть любимым, он теперь один, брошенный мужик. И еще Юлька — брошенная баба...

Сашка резко ударил по тормозам. Выскочивший сзади «Москвич» взвизгнул и весьма выразительно показал из окошка, что думает о джипе. Правда, Рамазанов этого не заметил: до него дошло, что он едет как раз мимо Юлькиного дома. Так чудно совпало: он подумал о ней и вот ее дом. Конечно, как же он забыл: именно сюда они с Аленой когда-то ездили в гости. Зайти?.. По крайней мере, они способны друг друга понять... Не Лолке же про свою тоску рассказывать! А как хочется излить душу, Бог ты мой! Никогда такого прежде не испытывал...

Сашка завел машину: надо по-быстрому мотнуться к Черемушкам цветочков купить...

Юлька долго не могла попасть ключом в замочную скважину, руки тряслись, в глазах стояла темнота. Все тело было противным и вонючим от липкого пота, который лил с нее в три ручья. Дышалось плохо, с трудом, шумно. «Наверное, я подыхаю», — подумала Юлька, и вдруг эта мысль принесла ей необыкновенное облегчение. Вот он, выход! И сразу не станет ничего — ни ее идиотской, бездарной жизни, ни этой истории с Максом, ни материнской пощечины и, главное, ее жутких слов, которые избивали похлеще любых ударов. Если умереть, то все сразу перестанет болеть. И это, оказывается, выход! «Главное знать, что есть выход», — всплыло вдруг в памяти...

— М-м! — в голос застонала Юлька. Это ж Ритка говорила. Рита! Ритка! Все, хватит с нее, больше нет никаких сил!

Ей, наконец, удалось совладать с замком, и она вошла в квартиру... Зеркало! В нем отразилась старая, страшная жен-

щина, которая могла бы без грима изображать смерть... Опять — смерть.

Не отрывая взгляда от зеркала, Юлька сняла куртку, повесила ее на вешалку и подошла поближе к нему.

— Попрощаемся? — спросила она, глядя в свои глаза. В аптечке есть таблеток сто димедрола, должно вроде хватить. Аська! А что Аська? Из сада опять позвонят маме, они заберут ее, а уж потом...

Вдруг начало твориться несусветное: в зеркале появилась Алена. Но не сегодняшняя, а та, из прошлого, в школьной форме, большая и неуклюжая. Она тыкала в Юльку пальцем и кричала:

— Это все ты! От тебя, как от чумы, его выслали! Все ты! Все ты!

Юлька в ужасе отшатнулась от зеркала. Алена исчезла, и появилась мама:

— Он спасался от тебя, Юля. И уехал в Санкт-Петербург. Тебе это что-нибудь напоминает?

И снова Алена:

— Его выслали, выслали! Из-за тебя!

— Кого? Кого? — прошептала Юлька, трясясь всем телом. Она поняла, что схо-

дит с ума, но ничего не могла поделать с этим кошмаром. — Кого?

— Как кого? — кричала Алена. — Макса, конечно.

— Да нет, — раздался мамин голос. — Не Макса! Рому, мужа Юлькиного.

— Ромка не ее муж, а мой, — возмутилась Алена-школьница.

— А-а-а! — заверещала Юлька, зажав уши руками и зажмурив глаза. Через мгновение она открыла их и с опаской взглянула в зеркало: наваждение исчезло. К Юльке постепенно вернулась ясность мышления.

«Меня все ненавидят, и я никому не нужна. Я так и не знаю, права я хоть в чем-нибудь или нет, но жить в полном разладе со всем миром, будь он хоть трижды не прав, я не могу. Простите меня. Больше я никому не испорчу жизнь. И Аське не успею...»

Все это Юлька, не торопясь, хорошим почерком написала на вырванном из тетради листке. И замерла в задумчивости: «А надо ли ставить дату? Как правильно? Число, месяц, год... Господи, о чем я ду-

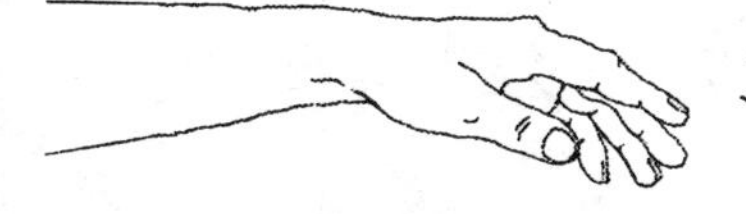

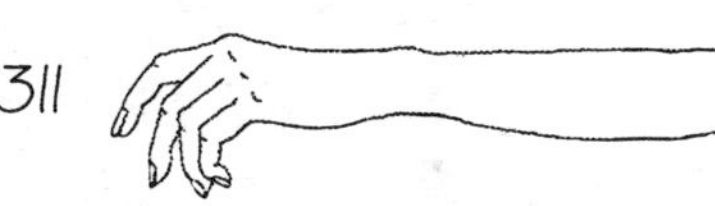

маю, что за бред?» Она быстро встала из-за стола и заходила по квартире: куда же лучше пришпандорить записку? Надо на какое-нибудь видное место... Тут раздался звонок в дверь.

Первым порывом было: не открывать! Кончено, больше никого и ничего не существует! Внутри нее все напряглось и заныло... Позвонили еще раз. И Юлька рванулась к порогу что было сил в ужасе, что звонящий, пришедший может уйти. Задыхаясь, она распахнула дверь...

На пороге стоял Сашка Рамазанов. Красивый, в длинном кожаном пальто, с зачесанными назад волосами и слегка сконфуженный. Он смущенно улыбался, держа в руках пакет, кейс и огромный букет роз.

— Ты все-таки дома... А я подумал: какого черта? И пришел...

Юлька бессильно опустилась на коридорную банкетку. В правой руке она сжимала свою записку. Сашка тем временем раздевался, не переставая говорить, и в этот момент не было на Земле более искреннего и честного вруна:

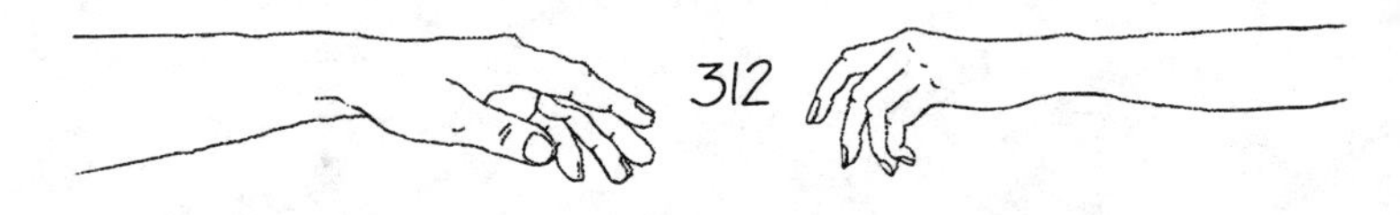

— Я недели три, наверное, раздумывал все... Не решался, знаешь... Все соображал, как бы это правильнее. Надо было с Новым годом тебя поздравить, с Рождеством... Не осмелился я, не смейся только... — и сам рассмеялся, но, поглядев в лицо Юльке, осекся. В ее глазах было что-то ужасное, несчастное, горестное... Однако от Сашки не ускользнуло и блеснувшее в них любопытство, и еще что-то...

Он посмотрел на брошенные небрежно на трюмо цветы.

— Нет, так не годится! Я их обихожу. Найдется какая-нибудь ваза?

Юлька кивнула. Сашка взял букет, подхватил свой кейс с пакетом и направился в кухню. Юлька слышала, как он там шуршал бумагой, журчал водой из-под крана и тихонько напевал: «Юлька, Юлька, где твоя улыбка...» Она не находила в себе сил встать и никак не могла сообразить: как же теперь быть? Ведь вот и записка уже написана...

Сашка вышел в коридор. Она быстро скомкала бумажку. Он задумчиво смотрел на нее.

Маленькая, худенькая, при тусклом коридорном освещении она выглядела точно так же, как много лет назад. Только без очков. Сашке вдруг ужасно захотелось, чтоб она надела ту коричневую школьную форму... Он представил себе Юльку в ней, и так заколотилось сердце, что пришлось глубоко и шумно вздохнуть, и, чтобы оправдать этот вздох, заговорить:

— Я всю жизнь помню, как тогда, в десятом, после отъезда Ромки, я сел с тобой за парту. И как ты в упор меня не видела, смотрела сквозь меня. Ты не знала, никто не знал, но я тогда ночами плакал, хотел друга Ромку убить, потом тебя и себя. Я должен был тебя возненавидеть... Я хотел... Но не смог. Вот я пришел. А ты все молчишь. Если хочешь, я сейчас же уйду...

— Нет! — вскрикнула Юля и вскочила. — Нет, нет! Я не молчу... Я слушаю тебя, говори еще!

Сашка растерянно развел руками и улыбнулся:

— А что еще говорить-то? Вроде все сказал... Лучше пойдем на кухню, я чайник

поставил. Знаешь, я потрясный кофе принес, называется «Амаретто». И «Киндзмараули». Пойдем, а? — и он протянул ей руку. Юлька тоже протянула свою, вложила Сашке в ладонь смятую бумажку и быстро заговорила:

— Сейчас приду! Это мусор, Аська чего-то там накидала, выкинь, пожалуйста, в мусорное ведро... А я сейчас, только позвоню. Мне надо... Очень важное... Извиниться, понимаешь, и сказать, что я больше не буду... Я больше не буду так...

— Эй, Юленька! Ты чего там бормочешь? Что ты не будешь?

— А ты не знаешь?

— Чего я не знаю?

— Ну и ладно. Неважно. Просто: я больше не буду — Она засмеялась легко и радостно, и Сашка вместе с ней. — Иди! Сейчас приду...

Рамазанов вернулся в кухню, выбросил бумажку и загрохотал чашками.

Юлька вошла в комнату, сняла трубку и стала набирать номер родителей. Она действительно собиралась просто ска-

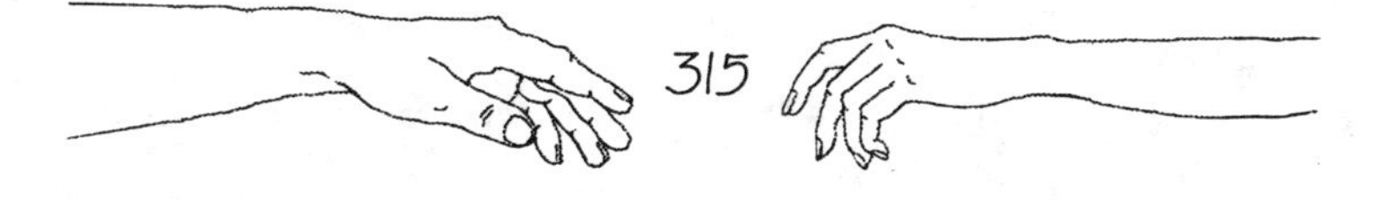

зать: «Я дура. Но я больше не буду. Простите меня, пусть они возвращаются».

Она машинально считала гудки. Четыре, пять, шесть, семь... Такого еще не бывало, чтобы мама пошла хотя бы просто в душ, не включив автоответчик. Это у нее уже автоматизм — уходя, щелкнуть кнопочку на «Панасонике». Восемь, девять, десять... Как, однако, мамуля рассвирепела! Ушла, наверное, к косметичке расслабляться, от злости забыв о святом. Двенадцать, тринадцать... Ну, все, хватит! Юлька нажала на рычаги: в конце концов, сообщить о хорошем и приятном никогда не поздно. Перезвонит через часок. Довольная улыбка тронула Юлькины губы, она сладко потянулась, повела кокетливо плечиками и направилась к Сашке. Пить «Амаретто».

Оглавление

Что было дальше?
Предисловие
3

Часть 1
Встретимся в четверг
9

Часть 2
Зимние каникулы
149

Литературно-художественное издание

Шпиллер Катерина

РОМА, ПРОСТИ!
Жестокая история первой любви

Ведущий редактор *М. П. Николаева*
Корректор *И.Н. Мокина*
Технический редактор *Е.П. Кудиярова*
Компьютерная верстка *Е.М. Илюшиной*

Подписано в печать 11.03.11. Формат 84x108/32. Усл. печ. л. 16,8.
Тираж 7000 экз. Заказ № 11636.

Общероссийский классификатор продукции
ОК-005-93, том 2; 953000 – книги, брошюры

ООО «Издательство Астрель»
129085, г. Москва, проезд Ольминского, д. 3а

ООО «Издательство АСТ»
141100, Московская обл., г. Щелково, ул. Заречная, д. 96

Электронный адрес:
www.ast.ru
E-mail: astpub@aha.ru

ОАО «Владимирская книжная типография»
600000, г. Владимир, Октябрьский проспект, д. 7.
Качество печати соответствует качеству предоставленных диапозитивов

ИГ АСТ представляет

книгу Катерины Шпиллер:

Мама, не читай!

Книга Катерины Шпиллер, которую уже прочитали около 20 000 человек, расколола наше общество. Ни одно произведение последних двух десятилетий не вызывало такую смесь ненависти и безграничной благодарности. Впервые человек решился столь откровенно рассказать о своей семье. О том, что каждый из нас тщательно скрывает. История Катерины поражает. Это намного жестче чем «Похороните меня за плинтусом». На автора продолжает обрушиваться шквал обвинений, доходит до прямых угроз. Эту книгу надо прочитать обязательно, вам будет намного проще жить.

ИГ АСТ представляет

книгу Катерины Шпиллер:

Дочка, не пиши!

История Катерины Шпиллер уже вышла за рамки отдельной семьи. Началась Война. Эта книга о том, что бывает, когда человек узнает о себе правду. Многочисленные «родственники» Катерины захотели восстановить то, что они считали справедливостью. Но стоит ли выносить на публику то, что творится за дверями квартиры? Одно можно сказать с уверенностью: родственники - самое большое зло, которое дается нам, видимо, в наказание за грехи... Прочитайте, это про всех нас!